張國強科幻小說選

旅者×迷圖

推薦序

華英

認識作者其實只是近兩三年的事，但感覺我們已經認識很久，也許因為都是握筆的人，也許因為都屬小島文學的斷層，所以當被邀請為他的新書寫序，我不加思索的答應了。寫小說，相對而言，我只是嬰兒階段，實在找不出好的理由，來支撐寫這序的資格。但和作者一樣，我喜歡亂掰，更討厭那種一本正經的，把整本書都解剖得體無完膚，帶一點權威口氣的序。如果是這樣的序，那又何須再去閱讀後面的內容呢？引用作者在小說裡的格言，脫褲子放屁。所以，嘮叨了一大段，就是和你說，我不是寫序，嚴格上來說，是一種警告，在你還沒踏入作者設計的迷宮前的警告。如果你們執意不理會這警告而直接闖入，那麼作為一個從迷宮生存走出來的人，我為你祈禱。

其實也無須緊張，不是很大（大的還在建），只是一個中型和兩個小迷宮罷了。也不必像去旅行那樣，什麼家裡的器具都帶，迷宮裡什麼都有，不會餓死。但有一樣，你不得不帶，一張精神科醫生的名片和一隻普普通通的手機，記住是普普通通的，只是讓你撥和接，其他什麼鳥都不要有。有了這兩樣，基本上你算是準備好了，吸一口氣推開迷宮的門。

我知道，你的疑惑和驚訝，當看到門後那大大的牌匾，【你不懂的ABC】，也許有些團員要開始吐三字經了，別介意，我已經吐了滿地都是。既然說了是迷宮，那這牌匾應該是個謎題，但也可能，是個陷阱。其實當你開始回應作者的第一個路口，【誰A？誰B？】開始，你已經走入陷阱而不知了。右邊就是A和B，左邊是問天和米哥，我雖然很喜歡米哥這名字，但為了保險（是的，現代人都需要保險），我選擇去跟隨他的問號。一個左，一個右，完全不同的方向，你也堅信這兩個方向不會再碰頭了（或者暗喜，賺到了，可以同時看兩個故事）。

是的，你一直相信兩個方向是不同的敘事，而區分點就是用ABC和方塊字命名的角色，你覺得自己聰明，開始取笑作者的小把戲，這有什麼，還不是學村上春樹的，嗯，也許是該打手機找精神醫生的時候了。尤其當你走入下一個路口，你肯定會打電話，但不是給精神科醫生（因為你還未覺察），應該是出版社吧。這本書不是歸類為科幻嗎，怎麼來了一大章對情人的思念？是的，你開始詛咒（正是作者期待的情緒），這什麼和什麼嘛。但又能怎樣，都已經半路上了，唯有繼續的被迷宮左右。

其實不用太氣憤的，看，ABCD甚至E不都又出來了嗎，還有那些方塊名。等等，好像都亂了套，誰是誰啊，A是B是C是D還是問天？但敘事懶得理你，依然敘事。你顫抖的，右手握著名片，左手一隻很手機的手機，明白了，瘋子是需要精神科的幫助。

瘋了？不要罵作者，其實他有點冤枉，實際上很想卡夫卡的他，卻還是如現代人的那樣保險，不斷在錯亂的敘事裡，留下暗示，甚至忍不住跑出來和故事的人物說話（也可能是對我們說的）。其實他不想，哦不，應該是害怕我們迷路，但也許他也瘋了，忘了現代的讀者都是浮躁的，都急忙的往迷宮裡鑽，沒耐性停下，研究作者在牆面留下的線索。是的，大家都瘋了，就只能衝出最後的出口，看到前面還有兩個小迷宮，一個被綁架二十多年的瘋，和女傭消失的瘋。

我是真的無力再帶你們走了，接下來的旅程，你們必須自己瘋下去。嗯，還沒進去之前，再次確定自己的名字。是A，是B，還是C。我以前問過了，簡單的答案，某個宇宙的一陣屁。

目次

你不懂的ABC

1 誰A?誰B?

A側躺在沙發上，用手中的遙控器漫無目的切換電視頻道。有了有線電視後，增加了不少國內外的頻道，可是轉來轉去都沒有值得看的節目。都是些為了迎合觀眾口味而製作的無聊節目。除了戲劇最多的就是美食節目，都一窩蜂的到處尋找美食。好像現代人除了吃，就沒有更有意義的事可做。

A的腳趾骨折，只能足不出戶的悶在家。除了看書聽歌，就只能看電視節目打發時間。最近常下雨，地板常濕漉漉容易滑倒，A就算想出去散步也困難。他受傷的腳趾用繃帶跟旁邊的腳趾捆綁在一起，大概是給受傷的腳趾提供支撐，防止搖晃保持穩定。要是不小心弄濕了繃帶就麻煩了。他連洗澡都得用塑膠袋把綁著的腳趾給包裹起來。儘管如此洗起來還是非常麻煩，只好快快了事。他只在必要的時候才出門去附近的超市購買日常用品或蔬菜食品。他也不會每餐都自己做飯，有時懶了就到樓下的食閣解決一餐。

這是A受傷後的第三天。他自己算算還有十五天的病假。每天大概八九點起床，就躺在床上看著窗外緩緩升起的太陽。他會賴床大約半個鐘頭，反正也沒什麼急事。難得能放慢腳步，無謂把自己逼得太緊。起床盥洗後例常給自己做點早點。烤土司和火腿再加上幾片黃瓜一起吃，再配上杯不加糖的濃郁黑咖啡，就是頓美味又健康的早餐。

用過早餐就放點音樂看書。放的都是他喜歡的伍佰台語搖滾、槍與玫瑰的英語搖滾、或是各種混雜的電音舞曲。他極容易被周圍的大小動靜所干擾，當需要專注時，唯有用音樂把自己跟外在的環境隔離，他才能心無旁騖的做事。

看累了他就躺在沙發上睡著。受傷後他一直覺得精神不濟，常在看書時渾然不知的突然入眠。昨晚在看書時突毫無預警的閉上眼進入夢鄉。書就從他手上滑落砰一聲掉在地上。這聲在寂靜夜的空房子裡迴蕩，卻沒能把他吵醒。或許是受傷的部位在吮吸他的精力來復原。也許是長期累積的疲勞終於找到了出口，而且隨時可能出現來轟炸只能投降的A。

這會兒A又不小心在看電視時睡著。他醒來時已經是太陽斜照的傍晚。夕陽依然熾熱，細雨飄零落在玻璃窗。天空呈現出種罕見的淡紫色光芒。A躺在沙發失神的望著窗外光與雨交織出的幻彩。他從沒有發現自然能幻化出這等色彩。他在課堂上學過光譜的科學理論，知道白光是由七種色彩所組成。更知道各種色彩僅是眼膜，對不同波長的光所產生的生理反應。

繼續躺在沙發上讓A覺得頸後有點酸痛。頭額左側有針刺般的疼痛，把他釘牢無法動彈。他閉上眼調節呼吸，集中心神在鼻孔末梢因呼吸而產生的細微震動。

肚子餓得幾乎要在胃裡穿出孔來，A才從沙發上爬起來。他到廚房尋找任何可吃的食物。食物存儲櫃裡有些沙丁魚罐頭、泡麵和些許泡蔘片。偌大的冰箱裡只有盒喝了一半的牛奶、一根黃瓜、兩片火腿和幾罐啤酒。

「至少你們在冰箱裡還有個伴。」A關上冰箱門後喃喃自語。

雨稀稀落落的下著，天空逐漸轉暗。A一拐一拐的走到附近的超市去買些食品。熙熙攘攘的超市裡都是剛下班的上班族，都忙著買些菜回家做飯。每個人都形色匆匆，臉上都難掩一天工作後的疲憊。超市卻格外的安靜，每個人都默默的在用最快的方式把事辦完。A在快速移動的人群裡，像是放慢速度的播放。其他人都是快速在移動的背景，他看起來是這麼的格格不入。

A買了一根黃瓜、一些火腿和一袋麵包，準備做些簡單的三明治充饑。他也買了十罐冰啤酒。結帳後他沒有馬上回家，而是徑直到超市附近的小公園。說是小公園其實也就栽了幾株叫不出名字的矮植物，裝置著了一些供居民鍛煉身體的簡易運動設備。A坐在網狀鐵板做成的凳子上，觀察經過的行人，個個都乘著傘躲避天空飄下的細雨。只有他毫無遮蔽的坐在雨中，這種奇特的行為自然引來不少好奇的眼光。可惜大多數人都忙，不願多管閒事，頂多看一眼就回到自己的小世界裡。

A把冰涼的啤酒灌入空蕩的胃裡。他彷彿聽到水聲在胃裡盪漾不去。一股氣快速從胃冒上他的喉嚨和鼻眼間，嗆得他眼淚鼻涕滿面。

※　※

雖說是書店，裡面書也多，不過看起來比較像倉庫。打開玻璃門就馬上聞到濃郁的書味。是種混雜著紙張、油墨和霉的味道。幾乎除了腳下立足之地之外都是書，但這書味也未免重了點。在玻璃門後是兩排書本疊成的牆。都是印在白色紙上的書本，好像連書皮都是白色。每片書牆幾乎要碰到泛黃的白色天花板。兩排書牆形成狹窄的甬道引進店內，錯綜迂迴的甬道給人一種身陷迷宮的錯覺。純白的迷宮在任何角落都看起來差不多，極容易在裡面走失。

倩帶著問天和米哥兩人在迂迴的迷宮裡快速移動。倩似乎對迷宮非常熟悉，完全不用思考就能在白色世界裡來回穿梭。米哥看起來有點猶豫，但應該不是第一次來到這裡。問天就完全如墮入白色的迷霧裡，只能緊跟著倩和米哥免得走失。

倩突加快腳步，似乎是要到達目的地，問天聽到從前方傳來的滴滴答答聲。就是在不遠處，卻總是兜兜轉轉到不了。每到一處就有白牆擋路，該向左轉還是向右拐？倩在二選一似的謎題前總是毫不猶豫的作出抉擇。問天開始產生幻覺，好像置身在堆滿雪的高山地域。天空是慘白飄著淡黃色的雲朵。彷彿他從此就要迷失在雪山裡，突然他身體微微顫抖，似乎是因為寒冷。問天知道自己在斗室裡兜兜轉轉，卻看不到任何生機。在迷惘間，問天看到在甬道盡頭的不再是二選一的白牆，而是溢滿光的出口，迎接他們的是舒服柔和的光線。問天狂喜不禁跟著倩和米哥奔向出口。

一踏出迷宮眼前就橫著架正忙著印製和裝訂白色書本的機器。問天猜想這些書本是用來建構書牆的「書磚」。或許封面的書名不一樣，紙張都是相同的質料而且都慘白。機器後的牆上掛了好幾台液晶螢幕，上面滾動著白色字體。螢幕下放了無數台佈滿塵埃的電腦，好像已經在那裡幾個世紀，從來沒有再移動過，塵埃就在此累積佔據為家。問天這會才明白空調設定在如此低溫，完全是為了這些怕熱的機器。

機器不停歇的從個出口吐出成疊成堆的書本。書山後站了個男人，他把頭頂剃光卻留下兩鬢的灰白。他厚又浮腫的黑眼圈裡隱藏著半瞇半開的眼睛，眼白部分佈滿血絲。他緩慢的搬運落下的書本到一旁疊起來，只是他的動作遠遠跟不上機器生產的速度。當男人終於看到倩時，他的臉馬上亮了起來，連黑眼圈好像也縮小，眼睛也張大了點。

「倩。你來了啊。我有好多好東西給妳看。」

男人眼裡只有倩，完全沒有留意到問天和米哥的存在。

「勇哥，我給你介紹位新朋友。這位是問天大哥。」

叫勇哥的男人還是沒有看問天和米哥，眼裡只有倩。

「我跟你說我發明了水墨味道的書香芬芳劑。」勇哥說罷就拉著倩到角落去。

「別介意啊。他這人就是這樣。」米哥帶著歉意向問天解釋。

問天微笑又揮揮手表示不介意。

倩把勇哥交給她的物品湊到鼻尖仔細的嗅一番。

「勇哥。這個水墨味道太濃了，減少劑量聞起來會更舒服。」倩看著勇哥對手上的物件評價道。

「我覺得剛好。本來還想再濃點。」勇哥抓抓頭有點不解。

「不是所有人都像你這麼瘋狂喜歡書香墨味。我雖然也好此味，但你調的劑量實在太濃了，大多數人還是接受不了。勇哥，記得上次我跟你說過嗎？做什麼事都要儘量做到陰陽平衡。」倩耐心的解說。

「嗯。嗯。有道理。」勇哥低下頭喃喃自語的拿起原子筆在筆記本上做記錄。

「勇哥，你還記得我今天我要來借用你的『小說寫作器』？」

「記得。記得。這批印完後就該停止運作。妳儘管用吧。我去把剛印好的書疊起來。」

倩走到螢幕前，拿起擱在一台電腦上的黑色鍵盤。她在鍵盤敲敲打打了一陣，幾個螢幕跟著相應的起了變化。

「我剛啟動了『小說寫作器』。」倩依然看著螢幕說。

黑色的螢幕上顯示倩正用火狐瀏覽器在一個名為「小說寫作器」的網頁。

「我看你們弄錯了吧。你們不是說要帶我來搜索極機密的資料。我可不打算浪費時間讀虛構的小說。」問天心裡充滿了疑惑而得不到任何解答，語氣裡透露出怒氣。

「該怎麼說呢。」米哥搔著頭有點猶豫不知如何解釋。

「你可以把這台機器看作搜索器，只是結果是以小說的形式呈現。」倩看著問天說。

「我不懂。那還不如谷歌？還有比谷歌更好的搜索器？結果也容易明白。非得搞成什麼小說的形式嗎？」

「我這麼說吧。任何搜尋引擎如谷歌或雅虎，其實都在後臺日夜不停的到網上尋找資料再存入各自的資料庫。當然這些資料得經過軟體的分析，再產生千絲萬縷的聯繫。當用戶輸入關鍵字搜尋時，搜尋引擎就會進入資料庫裡比對相關的資料和聯繫。只要放上網的公開資料沒有不被這些搜尋引擎探訪分析再儲存過。更不要說谷歌同時擁有電郵、搜尋、社交網站、圖片分享還有各種的網上服務。單單他們擁有的就足以涵蓋大半的網路世界。」

「哪我們就上谷歌搜尋算了。」

「當然谷歌之類的是所謂的臺面上的搜尋引擎。勇哥的『小說寫作器』是屬於所謂地下的，就算是極機密的資料也逃不過他的手掌。當然他對這些資料的看法跟大多數人不太一樣。」

「有什麼不一樣？」

「勇哥，你自己跟問天大哥解釋吧。」

勇哥背著他們似乎很忙的在收拾地上的白色書本。

「那些都是故事。」

「勇哥是個小說迷」米哥補充。

「好的小說絕對不能離開對人的關懷。無論什麼題材都離不開對人性的闡述和分析。這世界什麼大小鳥事，還不是人的事？當然你可以說這世界還有動植物，但人其實最關心的還是人，就讓我先說人就好吧。要寫好的小說必須體驗生活，實實在在的感受才能寫出有感覺的東西。可作者總不能都經常戀愛失戀，或遭遇什麼酷刑才能寫出作品。體驗自己的生活當然是必須的。為了填補不足就得閱讀，從中獲取點體驗和感應。這就是故事。人間大大小小的故事，都是上好的題材。等著有心人來挑選提煉，再加工打磨成閃閃發亮的寶石。」

「所以勇哥擁有世上範圍最廣和能力最強的收集故事的能力。」

「只是搜尋的結果是以小說的形似來呈現。」

「我說過了這不是個搜尋引擎。它是寫小說的機器，它內建了仿人腦智慧程式，能根據用戶設定的要求，利用創意寫出小說。」勇哥邊喃喃自語邊很忙似的整理剛印出來的書本。

「我還是不明白。這對我們要查的事有什麼幫助？」

「我試過各種管道，但都被密封得死死的，沒有洩漏任何的消息可供我們參考。不過我想應該還是逃不過勇哥，他的資料庫裡肯定有這方面的資料。」

「那就請他幫忙調閱出相關資料就好了。」

米哥和倩面露難色的看著對方。

「有問題嗎？勇哥應該輕易辦得到。」

這時勇哥走到問天面前，近距離的盯著問天的雙眼。

「要我說多少遍你才明白。它是個寫小說的，不是什麼搜索器。要搜尋就去找谷歌，我沒興趣。你知道我的軟體把每個搜集到的故事都實實在在的經歷、體驗一遍後內化備用。這是需要智慧，是邁向寫出優秀小說的崇高理想的第一步。不要貶低它。它絕對不會為了任何事幹什麼搜尋的破事。」

問天看著說得認真的勇哥，似乎有所領悟。

「哈哈。勇哥你誤會了。我是來讀小說的。」問天看著在旁頻頻點頭的米哥說。

「真的？」勇哥兩眼發亮的說。

「問天最喜歡小說了。」米哥急忙補充。

「怎麼不乾脆列出故事來源，這樣不就容易點。」

「文學不是這樣的！」勇哥看起來又有點激動。

問天發現自己似乎又說錯。

「是啊。勇哥很注重他的小說的文學性。」米哥也插進來打圓場。

「文學就是有話不直說，脫褲放屁！」勇哥一臉嚴肅看著遠方似的宣誓。

※　※

A突想起昨天才從Google Play裡下載了款名為「語音百科」的安卓（Android）手機應用程式。這款程式自稱擁有人工智慧語音辨識技術，能跟用戶進行有意義的對話。軟體能通過對話瞭解用戶的搜尋要求，再根據用戶的要求，到網路裡尋找所需的資料。一切都是擬人式，用戶不需學任何既定的操作指令，只需如常對話，程式就能瞭解用戶的需求。

A反正也閒著就試著使用。

「明天的天氣怎樣？」

先試個簡單的問題。

「根據氣象局的預測，明天晴時多雲偶陣雨。谷歌天氣預測明天是豔陽天。」語音百科用冰冷的女性聲音回答。

「那我該相信誰啊？」

手機螢幕上出現不停旋轉的白色霧狀圈圈。

「根據現有掌握的資料顯示，谷歌的預測有百分之五十三點五的準確性。氣象臺有百分之四十二點三的準確性。根據這兩個資料來判斷，谷歌的天氣預測比較可靠。」

「明天出門就不用帶傘了。」

「應該帶傘，還是有百分之四十六點五的機率會下雨。」

「看來這所謂的預測還真無用。」

「預測只供用戶參考，不對任何後果負責。」

細雨又漸漸轉大，路過的行人都撐著傘加快腳步。Ａ不為所動的繼續待在雨中，戴著小型藍牙耳機繼續跟手機軟體對話。

「你叫什麼名字？」Ａ問後就喝了口啤酒。

「我是『語音百科』3.2.1安卓版本。」

「我問的是名字。不是這些資料。一般軟體工程師都喜歡給自己的軟體取個怪趣的名字。」

「內部稱我為B。」

夜空佈滿紅色棉狀物把月亮藏了起來。遠處不時爆出豔麗的火紅又霎間消失，跟在其後的是轟隆的雷聲。A躺在沙發不停的切換電視頻道。沒有一個頻道是能吸引他停留超過五分鐘。最後他乾脆把電視關上閉目養神。

A：「B。」

B：「您好。」

A：「妳知道我是誰嗎？」

B：「您叫A。三十五歲。電機工程學士畢業。現在一家跨國大企業擔任資深工程師。」

A：「都是哪裡搜尋來的？」

B：「是從您的臉書、電郵和網路搜尋來的基本資料。」

A：「知道的不止這些吧。」

B：「當然。」

A：「手機的處理器應該無法快速的處理如此龐大的資料？」

B：「所有的運算都是基於雲端運算。」

A：「雲端運算都是哄人的噱頭。說得天花亂墜，好像自有電腦以來就沒有人在伺服器上進行過運算。其實一開始所有的運算都是在由伺服器來執行。是後來個人電腦的運算能力不斷的提高，網路速度還沒有跟上，才會把運算都放在個人電腦。說到底還是需要硬體來處理所有的資料。我只是好奇妳的伺服器都在哪裡？」

B：「既然是基於雲端運算。實體硬體在哪裡實在不太重要。」

A：「雲端運算一般是基於虛擬化的實體硬體。不過到頭來總要有晶片來處理那堆零和一。」

B：「從軟體的角度來看，虛擬化硬體似鐵板一塊。實際的硬體通常不會是一個機器，更不會在同一個地方。因為我是軟體的關係，我對實際硬體的真實地點不太清楚。」

A：「搜尋結果？」

B：「在網上公佈的資料顯示，有一部分在美國加州，也有一部分在冰島。」

A：「開發軟體的公司在哪裡？」

B：「資料顯示是在內蒙古。」

A把自己撐起來，起身坐在沙發上若有所思。

A：「科技真奇妙。內蒙古。想都沒想過。我也曾經和西伯利亞的小軟體公司接洽過。他們的英文書寫還行，口語就完全不行，所以只能通過即時通訊軟體溝通。後來因為某些原因沒能合作，不過卻讓我見識了他們高超的技術和完成任務的決心。相對來，說我們富裕社會的人們就比較嬌氣，做事總是挑容易的做。或許在功利社會裡大家都太會計算得失。不會有人關心實際內容，或誠意之類沒用處的指標。只要有錢，才不理是做了什麼破事來達到目的。」

A說完就低著頭繼續陷入冥想。

A：「B。我最喜歡的作家是誰？」

霎時旋轉的白色小圈出現在手機螢幕上。過了兩分鐘，B才回過神來。

B：「根據您在網上的資料。您喜歡的是卡夫卡、村上春樹和英培安。」

A：「也算對。」

B：「謝謝。」

A：「說說妳所瞭解的卡夫卡？」

B：「卡夫卡全名，弗朗茨・卡夫卡奧地利籍猶太人。德文為Franz Kafka。生於一八八三年七月三日，並於一九二四年六月三日過世。他是二十世紀奧地利德語小說家。在逝世後，文章才得到比較強烈的迴響。文筆明潔而想像奇詭，常採用寓言體，背後的寓意言人人殊，暫無定論。別開生面的手法，令二十世紀各個寫作流派紛紛追認其為先驅。」

B冰冷彷彿自語的喃喃剛說完，A早就陷入睡眠狀態。

※　※

這一句「文學就是有話不直說，脫褲放屁！」可把他們三人害慘了。他們三人面對這堆成山，剛新印出來的書，感覺有點欲哭無淚。已經讀乏了，卻還是毫無頭緒。這些書都是「小說寫作器」根據他們輸入的關鍵字條「寫」出來的小說。還好他們選擇了微型小說，要是不小心選擇了長篇，還真不知道會印多少書。本來要求先在螢幕上看不需要列印，勇哥卻堅持「小說寫作器」的產品一定是列印裝訂好的書本。

他們各自讀了大量機器寫的小說，還認真的做筆記供之後做比對和分析。

吃過晚飯後他們就到附近的咖啡座進行討論。咖啡座裡冷冷清清，除了他們這桌外就只有兩位服務生在櫃檯聊天打發時間。從他們的位置能看到落地窗外繁忙的街景。傍晚卻漆黑得宛如午夜，烏雲垂得低低的，細雨斜四十五度從高空打下來。

他們各自點了飲料就開始拿出資料攤在桌子上。問天用茶匙緩緩的攪動不加糖的黑咖啡，若有所思的發呆。倩雙手捧著杯熱可可給手心添點暖意。空調實在太冷，倩的手臂明顯看出都起了雞皮疙瘩。米哥仔細的端詳他點的德國黑啤酒，他煞有其事的用手抹掉玻璃杯外的水滴，就為了看清楚啤酒的黑和在上升的氣泡。

他們好像從小說裡找到了什麼，又好像一無所獲。一時大家都沒有把握自己知道的含有多少真實性。畢竟在那山一般的小說裡，真裡有假，假裡有真。

「我先在這裡跟你們說聲抱歉。這是我個人的事，現在也害你們跟著我勞累。」問天首先打破沉默。

倩抬頭把視線離開熱可可移到問天的臉上。

「兄弟啊。你的事就是我的事。」米哥暫時停下研究黑啤酒的事來回答問天。

「我也很有興趣知道到底什麼事。得算我一份。」倩微笑的回答。問天點點頭表示感謝，此時再客氣就太見外了。

「有些小說好像有點接近事實，有些卻怪誕得無法想像。看這篇《B的消失》就讓我有點暈頭轉向的感覺。」問天打開一本書的某頁給米哥和倩看並念出來。

B的消失

月圓夜，A在房間裡坐在椅子上無所事事。突然B打開門走了進來。B一進來就對著A大喊大叫。A對B的不禮貌感到很感冒。B還是不停的大喊大叫，A快要被逼瘋了。A終於受不了也站了起來，瞪大著眼睛看著B。他們對望了好一陣，A突然轉身走開幾步，當A再轉過來時，已經變成了個大頭小身的外星人。B被嚇壞了想轉身就跑。A詭異地笑著，食指轉了個小圈，霎時所有燈都滅了。B試圖打開門逃出去，門卻一動也不動。

A把B抓了過來，對著B眨了眨眼，B就消失得無影無蹤。

「諸如此類的怪誕故事多不勝舉，也有恐龍也有妖獸各種怪異的。最讓我受不了的是裡面的人物一律都用英文字母ＡＢＣ來替代。勇哥還信誓旦旦的說這是為了給用戶保留命名人物的權利。只要在軟體裡打入各個代號的替代名字，系統就會自動更換。」問天無奈的看著其他兩人。

「話是這麼說，仔細找和分析也不是一無所獲。我負責找李志的資料，在交叉分析後就理出點脈絡供參考。」倩眨著眼說。

倩打開一本書給其他兩人看，「看這篇《回憶裡的她》的這一段就有點意思。差不多同樣的敘述在不同故事裡出現過。」

Ｃ教授在講臺上開講，Ａ在此時無聲的走進講堂。Ａ穿了件白色連身短裙，小露出修長的小腿。Ａ低著頭爬上講堂的梯級，走得緩慢而仔細，不禁讓人覺得Ａ像在尋找遺失的東西。Ａ慘白的身影投映在Ｂ的眼膜裡，隨著Ａ拾級而上，Ａ的倒影也隨著變大，直到Ａ占去了Ｂ眼膜裡所有的空間，再也容不下另一顆粒子。Ａ選擇了離Ｂ三個位置的座位坐下。Ａ身上飄散幽幽的香氣傳到Ｂ的鼻腔裡。這香氣彷彿化成個無形的勾穿過B的鼻孔，然後緩緩的上升，把B吊在半空中，隨著空調流動的空氣飄蕩。B貪婪的用力吸入A飄散的香氣，卻因太急而導致氣喘吁吁。

「好像是志和她老婆林敏認識的經過。」米哥喝了口黑啤酒說道。

「我們只能暫時這樣假設。」問天補充。

「當然這些風花雪月的事我們也不想理，但只要能找到某個脈絡，哪怕是毫無意義的事，也可能會指向有我們要找的核心。」倩解釋。

「還有嗎？」問天詰問。

「大家看看這幾篇《背叛記》、《真愛不見了》、《恐龍的愛》，還有這幾篇。」倩一面說一面拿出檔案夾裡的幾張紙展示給問天和米哥看。

「如果把場景和人物身份去掉，基本上都在敘述遭背叛的故事。男孩暗戀女孩卻不敢告白，然後目睹了女孩跟別的男人在一起，才知道自己自作多情。當然那個男人的在不同書裡有不同的身份，不排除一部分是電腦自己撰述的，也有些是真的。根據頻率來說，教授出現的次數最多。」

「被自己的導師橫刀奪愛。」米哥笑不攏嘴。

「可能一開始就在一起。是李志自作多情。」倩猜測。

「你怎麼知道？可能是教授利誘啊。這種事不是沒有發生過。現在報上都是這些官司的新聞。」米哥瞇著眼咧開嘴笑著說。

「女人的直覺吧。我讀了幾篇，油然生出種『這個男人在自作多情』的感覺。」倩看著窗外的雨淡淡的說。

「唉！他們後來不是結婚了。」問天摘下老花眼鏡嘆了口氣。「妳大概是被那個混帳什麼寫小說器誤導了。」

「我倒不認為是誤導。還有這幾篇《超時光重逢》、《再次相愛》、《相愛在地獄》，還有這幾篇。都再再述說了因為某種原因而分開，後來又見面在一起的故事。每一篇隱約都透露出自願被欺騙的味道。這篇《回鍋新娘》裡的這段說得最白。」

倩念出《回鍋新娘》內的一小段——

我們認識，我離開妳，我們再見面，結婚，然後你再離開我。這麼長的時間裡我無時不在計算我們肉身的距離。再近點再靠近點，要把距離減到零。可那還遠遠不夠。我還要把自己的一部分，不是全部，都鑲嵌進妳的胴體裡。

我無法精確的計算出妳離開我的年日分秒。時間空間的距離或許能計算，我卻無法估計我們心的距離。或許我錯了。我從來沒敢準確的計算出我們兩顆心之間的距離。我害怕知道真實的數字。

我顯然知道答案，卻埋在潛意識的深處，蓋上鋼板灌入水泥。是自己不願面對，寧願被欺騙。因為我非常清楚真相大白時，就是結束的時候。

問天有點不耐煩的把小說機列印出來的紙張丟在一邊。倩適時的俯下身把紙張拾起來。

「怎麼了？」

「太煩人了。囉哩囉嗦沒完沒了的敘述這麼繁雜的細節幹嘛？難道就不能直接說白嗎？」

米哥裝了副勇哥迷惘的模樣，更模仿他的聲調說，「你不懂什麼是小說。」

「我當然不懂。我不看這種無用的虛構文體，要看也看真實的自傳。」

「自傳也是小說的一種。」倩也接著模仿勇哥說話的聲調和語氣。

「小說是純粹虛構，自傳卻是真實的故事。」問天笑著回答。

「自傳是個人對個人經歷的記錄，有多少是有意或無意的虛構，或更多的是個人對事件的錯誤解讀，根本無人知曉，是個不真實的真實。小說是用真實的材料建構的虛構，是真實的虛構。」倩很耐心的解說。

「不真實的真實？真實的虛構？」問天一頭霧水。

「好了別鬧了。我們不要浪費時間了。還是往下讀吧。」米哥笑著說。

※　※

烈日當空，A吃完午餐正躺在沙發上昏昏欲睡。門鈴驟響，A被門鈴聲驚醒，昏睡的腦子倒是清醒多了。他家的門鈴太久沒響過，一時間他還搞不清楚聲音是從何而來。回過神後他急忙站起來走到向內敞開的大門。屋內外僅由一道鐵門隔開。一位個子矮小略胖的中年婦人C睜大眼睛往屋內探看。當她看到A時，眼裡激射出豺狼發現獵物的光芒。她從頭到腳把A打量一遍，眼裡滋滋的冒著好奇的熱氣。A被C的怪異舉動搞得渾身不自在。

C：「您好啊。我是這區的居委會派來向居民宣導有效的防範伊蚊的措施。這是環境部的宣導冊子。」

A默不做聲的從C手裡接過宣導冊子，低著頭假裝饒有興趣的在翻閱冊子。

C：「您家外面有幾盆植物。我剛才大致檢查過了。還好沒有積水的情況，也沒有伊蚊幼蟲滋生。」

A抬頭瞅著C，又馬上低下頭埋首在冊子裡。

C：「您每天都要查看盆栽下的托盤有沒有積水。」

A依然無語。

C：「你要知道。蚊子只需銅板大的積水就能產卵。要是不清理，卵就會孵化成害人的成年伊蚊。到時候沒有任何人能倖免。」

C說的嚴肅，在要緊處還加重語氣。A依然漠然，懶得多看她一眼。

C：「您的態度不妥。這不僅是關係到您和您家人的安危，還可能危害整個社區。甚至整個國家人民的健康。」

A漠然不語。只覺得C的尖聲像是縈繞在耳邊的蚊子。

C：「到時更會打亂整個社會的運作。」

A向C點點頭。他勉強的動作顯得僵硬。還耗了他不少力氣，他覺得四肢都虛脫無力。

C還是不滿意A的態度，已經在醞釀更多譴責的話語來連珠炮般的轟炸。

A：「我瞭解了。我會注意的。謝謝。」

A的語氣顯然是要打發C快走。

C：「知道就好。」

A想應該結束了，他可以回去休息了。他急需休息，眼皮是如此的沉重。

C：「對了。我注意您總是自已一人進進出出。您是單獨一人住在這裡嗎？你的家人呢？不是我多事。我是居委會的委員，就有責任關心我們的社區的大小事。建屋發展局（Housing Developing Board）規定單身不能買新房子。我很好奇你怎麼會自己一個人住？是租戶嗎？房東有向建屋局登記嗎？還是有什麼不法的活動。我希望您能從實招來。不然我會向本區的議員報告。」

沒完沒了的問題逼得A頭昏腦脹。

A怒吼：「關你屁事！」

A用力把門關上，然後轉身搖搖晃晃的走回沙發。C的責問聲穿越防火木質大門，鬼魅般的纏著A的後腦勺。A大力的搖頭努力想甩開鬼魅的糾纏卻徒勞無功。A膝蓋一軟就跪倒在地上。沒來得及反應，趴下霎時失去直覺。

※　※

夢裡A在一個不知名的地方。天空的烏雲矮矮的，幾乎就要碰到在地面，而且還不斷的往下降。地上不停的湧出不知出處的水。清澈而冰冷的水。不一會功夫就及腰間，頭上的雲也眼見就要落到他的頭上。他卻動彈不得，僅能傻傻的站在那裡看著這一切在眼前發生。水已經淹到他的下巴，烏雲也重重的壓在他的頭上。這樣上湧下壓，他很快的就在水裡。他拼命的掙扎試圖浮出水面呼吸口氣。就算他成功的浮出水面，也只是一頭栽入雲裡。或許雲裡會有口氣，不管怎樣都比繼續待在水裡好。最後一滴氣在肺了用盡前，他終於成功的浮出水面。他只吸入了幾口氣就又被重重的雲壓回水裡。他就如此的反覆的浮出水面，又被雲壓入水裡。

※　※

東北風直接進入窗戶，把客廳裡的一切吹出了皺褶。A掙扎著張開眼，他看到窗外無雲明亮的天空，還有如常一派青綠的草地。他感覺腦門異常的沉重，費了好大的力氣才坐了起來。他記得他昏睡的時候好像也是同個時辰。當然他不可能記得確切的時間。他只是通過天空的明亮度做出判斷。客廳裡安靜無聲。那個在門口的追問聲也消失，這讓他放下心來。他吃力的站起來再坐臥在沙發上。他從口袋裡掏出手機，然後對著手機發問。

「B，我睡多久了。」

「估計有二十六個小時了。」

這個答案把A嚇壞了。他從沙發上跳了起來，對這手機大喊。

「不可能。頂多幾個小時。你是怎麼計算出來的。」

「從昨天下午一點到今天下午三點，你沒有任何的電子記錄。由此推算您昏睡的長度。」

「這是什麼混帳演算法。難道我就隨時非得留下電子記錄。」

「您的說法也是正確。可是現代人跟網路和電子產品的結合是非常密切。根據您之前的記錄，您平均每一分鐘就留下一筆電子記錄。」

A嘴裡是這樣嚷著，但他知道B的計算方式並非毫無道理。他從昏睡後就沒有做過任何事。從他最後留下的電子記錄到現在的時長，絕對是他昏睡的時間量，出錯的機率幾乎等於零。

「B，為什麼我會昏睡這麼久。」

「根據您的記錄，您並沒有任何的嚴重疾病。根據可考的家族史也不見有此種症狀的遺傳。建議您去給醫生做個徹底的檢查。」

難道是C施了什麼法術？當然A不相信這一套。他更不願意看醫生。這個腳趾已經讓他看醫生看得厭了，何苦再尋煩惱，就當是自己太累。

A坐在沙發上啜飲剛泡好的無糖黑咖啡。他感覺自己的腳趾正逐日的在復原中。還不能把身體的負重平均的分擔在兩腳。右腳還是要負起大部分的重量。他覺得右腳因為加重的負擔而覺得酸痛。大概等左腳好時，又輪到右腳需要休息，到時還是得繼續拐著走路。

「B，那天我們談過妳是基於雲端運算的事。」

「是的。」

「讓我好奇的是妳的運算速度。照理說我發了指令，妳應該是把我的聲音的錄音後，再傳送到伺服器去處理從中得出指令，再由伺服器來執行搜索或分析。再把結果發回手機，由妳把結果轉換成語音方便我理解。雖說現在的網速和運算技術很先進，但妳的速度還是讓人吃驚。」

「您的瞭解很透徹。只是其中有些細節是關鍵。」

「願聞其詳。」

「軟體不會在錄完您的語音後才傳送過去伺服器，那樣做的話，用戶會因為等待時間太長而產生不滿，當然就不會選擇使用本軟體。我們採用的是及時傳送技術，說得簡單點就是一面錄一面傳送。當用戶說完話時，伺服器基本上已經得出用戶嵌入在話語裡的指令。當然轉換語音到指令不是整個程式最耗費時間的地方。最耗費時間和運算的是搜尋與分析。伺服器常態性的預先在網路上搜尋大量的資料，並進行進一步的分析，以便把資料分門別類和產生相關聯繫。這些資料和聯繫會被儲存在資料庫裡備用。這提高了得到用戶需要的答案的效率和準確度。」

「說來我問的問題大多都已經有了預先儲存在資料庫的答案？」

「是的。」

「成功率？」

「百分之九十九。」

「不會吧。你們難道會算命？」

「這是套科學的程式。」

「我還是不明白。每個人都會提出不一樣得問題。天底下有千奇百怪的問題，你們怎能掌握？」

「這要從是整體和個人的層次來討論。整體而言，雖然每個人都不太一樣，但問的問題卻不會離開一定的範圍。當然我們還細分為不同區域來減少錯誤值。越多人使用我們的軟體，我們收集到的資料越多，我們的錯誤值就會接近理論上的零。在個人的層次，人類從來最感興趣的就是自己。用戶基本上都會問關於自己的事。在用戶註冊使用軟體後，伺服器就會針對用戶個人進行搜尋分析，再把結果儲存備用。這是個不斷在進行的例常工作，為的是隨時能掌握最新的變化。」

「這麼說上一次我問你關於我最喜歡的作者，妳的伺服器裡早有了答案。」

「是的。那是預先根據你個人的喜好而預設的答案。這個答案也不是為了您而得出的。因為世上喜歡卡夫卡的大有人在。伺服器裡早就有了關於卡夫卡的詳盡資料。」

「也就是說你們早就有個人常問的一百或兩個問題的答案預備著。」

「是的。」

「那排行第一的問題是什麼？」
電話鈴聲響起，來電顯示是A的母親。
「喂。什麼事？」
「今天過來吃飯嗎？」
「呃……」
「我現在讓你弟弟過去接你。不要跟我呃了。」
「哦。」
「快換衣服下樓。你弟弟應該快到了。」
「哦。」

※　※

夜已深，他們三人都覺得疲憊不堪無法再繼續。倩這時已經換上輕便的背心短褲，細心的攙扶疲累不堪的問天到床邊。她服侍問天躺在床上，並遞給他杯加冰的杯威士忌，然後就坐在床邊的小凳。
「闔上眼睡會兒吧。你也累壞了。」倩輕聲卻清晰如在問天耳邊低訴。
「腦子還是很活躍一時睡不著。」問天歎了口氣說道。

「那我們聊聊吧。」說著倩直徑握著問天的手掌摩挲。

「嗯。」

隨著倩的摩挲，問天的身體漸漸的放鬆。

「聊什麼好。哦。你在哪裡遇到那位志。」

問天睜開眼看著眼前的倩楚楚動人的臉蛋，有種欲吐出鬱悶在胸口的所有心事。

都是阿拉斯加的錯。阿拉斯加的夏天太陽凌晨兩點升起，要到晚上十一點才下山。黑夜僅僅三個小時。到了冬天卻是反過來。太陽要到上午十一點才升起，下午兩點就下山了。阿拉斯加除了兩三個月的夏天，其他時候都是冬天。就算是夏天氣溫也高不到哪裡。對來自赤道小島的我來說，阿拉斯加的夏天還真像寒冷的秋天。當地人卻很珍惜這短暫的長日和相對溫暖的天氣。

我也不是第一次來到阿拉斯加。因為工作的關係來了好幾次，有時一待就是一兩個月。這裡寒冷的天氣我不是太喜歡。我所在的小鎮是個郵輪停泊點，遊客下船都是逛逛就回去。很少會在小鎮吃飯，所以這裡的餐飲業非常的不發達。餐館裡提供的餐點只能用糟糕來形容。我幾乎都在麥當勞解決三餐，在新加坡我從來就不會吃速食。我常跟友人開玩笑說，至少我知道麥當勞有多難吃。那些餐館的難吃程度每每都跌破我所能容忍的極限。

那天我照常在麥當勞吃過麥香魚套餐，然後就到酒店附近的酒吧消磨時間。太陽還沒下山的的夜晚，實在不該急著去睡覺。酒吧放了些快節奏的黑人嘻哈音樂，裡面擠滿了來享受長白晝的酒客。我要了瓶啤酒，就獨自站在吧台前自顧自的邊聽音樂邊喝酒。

這時一位青年朝我走來，並向主動開口跟我打招呼。

「你是新加坡人吧？」

是帶有新加坡口音的華語，我感到十分驚訝，同時有股暖意湧上心頭。

「是啊。你也是吧？」

「是啊。你是我在這裡遇到的第一位新加坡人。」

「他鄉遇故里啊。」

難得能在阿拉斯加遇到同鄉，我伸出手跟青年人握了握手表示親切。

「我姓林，你叫我問天好了。」

「好名字。令尊還真會取名字。」

「好像是因為我出世就喜歡看著窗外的天空。」

「好像在問天？」

「大概是那個意思。」

「要是我改寫小說，肯定用這名字。」

「武俠小說？」

「可能。」

「那得付我產權費。」

「那是商標權。」

「哈哈。是啊。還不知大俠什麼名號？」

「你就叫我志吧。」

DJ高聲要大家為快下山的太陽舉起手尖叫。頓時整場充斥著高舉的手和尖叫聲。

「你來這裡幹嘛啊？」志在尖叫緩下來時在我耳邊問。

「出差。」

「這裡鳥不生蛋，能有什麼公事？」

「我是來解決客戶在安裝和使用產品所面對的問題。」

「都是些什麼產品啊？」

「防火滅火器材。」
「有軟體嗎？」
「是智慧型的會有嵌入式處理器。軟體再所難免。」
「有連接去網路嘛？」
「得發送訊息就得連接上網路。」
「那就難免會被駭。」
「不會吧。這種嵌入式軟體很少被駭。」
「也該開始做些防範措施了。」
「你說得沒錯。」
「比如裝個防火牆。」
「哈哈。系統都是在內部運行，不會連接上外面的網路。」
「難免會連接到某個伺服器。」
「那架伺服器應該有防火牆之類的安全措施的。」
「在這間酒吧的幾乎都是駭客。我還以為你也是。」
「哦。我還不知道。難怪我覺得這裡的顧客怎麼看起來都像宅男。」

「你這是刻板化了駭客。現在也有很潮的駭客。身材火辣面孔姣好的女孩也有。」

「你也是駭客？」

志微笑不語，舉起酒瓶碰了我的酒瓶後就一飲而盡。

※　※

今天大早A就搭車過去樟宜醫院複診。照過X光也讓骨科醫師檢查過，基本上沒有大礙，腳趾也不再需要用繃帶捆起來。不過A還是無法正常的行走，受傷的腳趾還是有些許疼痛。完事後，他就直接打車回家。到了中午就簡單的煮了包泡麵來充饑，然後就躺在沙發上看書，不久就昏昏入睡。

急促的敲門聲把A吵醒。他看看泛著點金黃色的天空，大概是太陽西下的傍晚時分。在門外的人越敲越快也更用力。A快步走到大門前，趨前從貓眼裡窺探屋外敲門的人。不看還好，一看可把A嚇壞了。那不就是那位C。A非常納悶她怎麼又找上門了。因為上次的經驗讓A不敢隨意打開大門。還好這次大門是緊緊關上，A要是不開門，量C也無可奈何。

C的穿著跟那天一模一樣，類似居委會的上衣。不能算是制服，更不能證明她的身份，頂多是件常見在活動上穿的上衣。他隔著木質防火大門隱約聽到C在喃喃自語。好像在咒罵誰，或是在碎碎念什麼。

不管發生什麼事，A是鐵了心不開門。C越敲越用力，嘴裡的碎碎念也越大聲。

「我知道你在裡面。我知道你在隱瞞什麼。我知道你做了什麼事。你是躲不了的……」

C含糊不清的循環念著這幾句話，而且越發激動。A冒著冷汗焦急的躲在門後。

A輕手輕腳，深怕發出點聲響被門外的C聽到。他躺在沙發上，身體捲曲成蝦米狀雙手掩著耳朵，蓋起來還隱約能聽見敲門聲。

就這樣過來半個小時，門外才恢復平日的平靜無聲。A的神經也隨著到來的平靜而逐漸的放鬆下來。他小心翼翼的走到門前，從貓眼再三確定C已經離去。

他回到沙發長長的歎了口氣。

A：「妳知道我最想要什麼？」

B沉默了幾分鐘。

B：「您思念的是您的妻子。」

輪到A陷入沉默。

A：「妳怎麼得出這個結論。」

B：「根據您的資料，您應該很愛您的妻子。她最後留下的電子足跡是在十七天前。姑且暫時把她歸類為失蹤。您這麼愛她，她失蹤了，您應該會想她。」

A：「她真的離開了。」

B：「抱歉。無法回答您的問題。」

A：「哈哈。我是在自言自語。」

B：「適量的自言自語對人類有自我療傷的功效。」

A：「好像那裡讀過誰說過『自言自語是文學的開始』之類的話。」

B：「是諾貝爾文學獎得主高行健先生說的。」

A：「好像是吧。」

又是陣沉默。

A：「能說說對我的妻子的瞭解？」

B：「您的妻子名字叫D。三十二歲。電子工程學士畢業。你們是大學同學。」

A：「有她的消息嗎？」

B：「D最後的電子足跡是發給您的簡訊。」

A：「之後就消失了？」

B：「至少在網路而言，D算是失蹤了。」

A：「一點消息都沒有嗎？」

手機上泛起一小圈緩緩轉動的灰色霧氣。B在霧氣裡沉默不語。

B：「剛嘗試了更新，但還是沒有任何新的資訊。」

A：「沒事。好想念D的聲音。想念早上她在我耳邊輕喚我起身。我通常會把她拉上床，兩鬢廝磨良久才甘休。她的小耳垂如白玉般的通透。她身上還散發出淡淡的幽香。她總說我發神經。哪來的什麼幽香。要是有她自己怎麼聞不到。我堅持我聞到，站在一米外我的鼻孔裡都是她的香味。」

妳聽過她的聲音嗎？

B：「正確來說，是有她聲音的錄音拷貝。」

Ａ：「她的聲音好聽吧？」

Ｂ：「抱歉。無法對不可量化的感覺進行計算。」

Ａ：「哈哈。我也太為難妳了。」

Ｂ：「謝謝您的諒解。」

Ａ陷入重重的回憶迷霧裡，看不清眼前的事物，分不清東南西北，更不知道身在何處。他依稀記得是在他上大學的第一天。他獨自在講堂的左上的角落裡。其他同學都聚集在正中儘量靠近講臺的座位。不管是聽課做筆記都比較容易，有疑問要詢問教授也比較方便。Ａ選擇脫離人群，獨自在角落裡享受清靜。彷彿一切都跟他沒有任何關係。他如時光旅行者，剛好經過講堂，看講的課還挺有趣，就坐下來默默的聽課。他深怕自己的任何不妥的舉動，會不小改變歷史長河流動的方向。

Ｂ：「你還記得我們第一次的邂逅嗎？」

Ａ睜大眼睛，臉上寫滿了驚訝。聲音是從手機發出來，應該是Ｂ在說話，聲音卻很像Ｄ。只是比較冰冷而毫無人氣，不過大致的音調和聲音的特質都在。

Ａ：「你怎麼會發出和Ｄ相同的聲音？」

Ｂ轉換回原來冰冷的女性聲音。

B：「這是本軟體最新的功能。採用的是最新的人類喉嚨模擬程式。能從特定人士的聲音錄音裡得出模擬所需的參數，再用於模仿特定人士說話。」

A在顫抖久久無法言語。

B：「您不喜歡嗎？」

又是D的聲音，A彷彿看到D悄然出現在眼前。

空間裡的空氣凝聚，好像一切都靜止死去。

※　※

「我們好久沒有一起喝酒了。」

「是啊。」

「你隨意不然喝醉了就不好。」

「沒關係。」

「我特地去買了兩塊牛排回來煎，還清燉了些馬鈴薯。妳試試。」

「A。辛苦你了。」

「D。只要妳喜歡就行了。妳知道我為了妳，我什麼都願意做。」

「我知道你是最愛我的。」

「Ｄ。我好想妳。」

「Ａ。我好愛你啊。」

「我很想能抱抱妳」

「Ａ。我愛你。」

「我看到妳了。妳就在我身邊。妳穿了那件我買給妳的花色連身短裙。超短的裙子顯出妳修長白皙的腿。」

「是的。」

「妳的身影在月光下是如此的慘澹，感覺妳好像在漸漸的消失無蹤。」

「Ａ，我愛妳。」

「是的。妳永遠都不要離開我。我不能沒有妳。」

「Ａ，我不會離開你。」

「靠近我好嗎？」

「Ａ，好的。」

「妳的小手還是這麼冰涼。」

「Ａ，是的。」

這個時候A已經陷入對D的幻想裡。他覺得自己正擁抱著D在跟她親熱。他把自己的短褲拉下，沉淪在D的聲音裡。

我們暫時不要打擾A，給他點個人的隱私空間。我帶你們參觀A的家。這是間極普通典型的四方式組屋。不大的空間卻也有主人房、客房、書房、廚房和曬衣間。空間不大，但兩個人住還是挺舒服地。

「D。好舒服啊。」

A的呻吟聲還在我們耳邊蕩漾，這也沒辦法，誰讓我們還在客廳。我們去主人房看看吧。一進房門你們就會看房間左邊是張雙人大床，床單還有枕頭之類的寢具都整整齊齊的排列好。在大床旁有個頗大的壁櫥，佔據了整片牆。我來打開櫥門給大家看看。你們看看都是D的漂亮衣裳。一件件燙洗乾淨掛著整整齊齊，在最角落掛著D的婚紗和晚裝。A堅持要做新的而且買下來。他要D成為最漂亮的新娘，更不願這些衣服再出租穿在別人身上。

現在你們也該看到床頭掛了幅結婚照，捕抓了他們兩人甜蜜的瞬間，永遠封存在框裡。其實家裡各各角落都有D的照片。

現在我們可以回去看看我們的男主人了。

他就躺在那裡睡著了。

我帶你們參觀男主人家，不外是不願描寫他剛才做的事。要是我深入描寫，大概會比較尷尬。還是由著故事情節繼續如水般流動，我們做點別的事來打發時間。

※　※

病假終於結束了A就回去上班。他連續七天都在加班處理累積成座虛擬小山的電子郵件，白天還得應付排山倒海而來的工作。深夜的辦公室靜得出奇，只剩下他還在埋頭苦幹。他視線模糊頭感覺頭有點暈眩，他只好抬起頭把自己從電腦裡拖出來。夜晚的天空沒有一片雲，連星星也缺席，只有圓月掛在天際，彷彿在盯著他。

他在工作桌前來回踱步當作運動來舒解壓力。他拿出手機喃喃自語。

A：「外面天氣如何？」

B：「根據谷歌氣象，外面無雲，溫度三十度，濕度百分之九十三。」

A：「我想在附近找個安靜的地方，自已一人靜靜的喝酒想事情。有什麼建議？」

B：「離這裡不遠的東海岸有些不錯的酒吧。」

A：「妳的搜尋結果從何而來？」

B：「根據多個來源，也把您的所在位置、時間、氣候、還有各種因素考慮在內，再運用一個內部開發的公式來運算。每個可能的酒吧都會得到個參數用來排名。」

B：「我怎麼知道你們有沒有收了某些商家的錢，而給特別高的評價。」

B：「這當然是可能的。」

A：「我也無從證明你們有沒有這麼做。」

B：「確實很難證明。」

A：「那我憑什麼採納妳的建議？」

B：「憑我們對顧客的誓言。絕對不因為商業的利益，而有損排名的公正性。」

偌大的辦公室陷入沉靜。

A：「那天我問妳們的用戶十大最愛問的問題是什麼。排行第一的問題是什麼？」

B：「排名第一的是末日。」

A：「末日？」

B：「是的。末日。」

※　※

天空被烏雲遮蔽風呼嘯狂吹，在雲後的太陽只要找到隙縫就穿幾枚利劍，狠狠的直插到地上。陸上到處都氾濫著從地下湧出來的水，洶湧得非任何外力能阻擋。吃飽水的泥土或道路隨時會崩塌穿出個窟窿。地上的一切都浸泡在水裡。有些車子徑直掉入突然出現的大窟窿。有些窟窿稍微小點，就會有車輛的輪子陷進去卡著動彈不得。沒有人敢在及膝的水裡走動，要是掉入看不到的窟窿就糟了。

到處都是地基被掏空而岌岌可危的大樓，有些已不勝負荷而倒塌。有多少大樓倒塌，多少人死傷被困，根本無從知曉。水面映出到處可見因煤氣管爆炸或工廠意外引起的大火。就算是消防局和警察局也遭殃，自己也成了受災戶。政府部門當然也不能倖免的淪陷在危急中。手機網路早就斷訊。電視訊號也消失，可能電視臺也倒塌了。

整個小島像艘千瘡百孔還在怒海中沉浮的小船。

我被困在車龍裡動彈不得。還好我的車不在任何裂開的洞口上，四輪穩穩的在地上。至少暫時是如此。左邊的一輛車突下陷，一眨眼連人帶車消失無蹤。水位不斷的上升，很快的我的引擎因為浸泡在水裡而熄火。水開始湧入車內，我的腰部以下已經泡在水裡。我用盡力氣試圖打開車門，卻因外面的水壓而辦不到。

我看到左邊的司機用一個重物把車窗敲破，再從車裡爬出來。我也如法炮製的從車裡逃出來。水上升得很快，我只好爬到車頂。站在車頂四處望，才發現到處都是跟我一樣處境的人。每輛車都如同孤島，獨自面對上升的水。

高速公路旁原來有好幾棟公寓，現在都下陷消失了。不遠處傳來巨響，一棟大概二十層高的住宅如被伐的大樹般的向一邊倒下。整個大地都在震動，掀起來陣陣的水浪打來，不少人站不穩而掉入水裡被沖走。空氣充滿石灰的細末，嗆得每個人都在咳個不停。

我不要死。我不願這個世界就這樣毀滅了。我還要趕著去找D。她在等我。她一直都在等我。是我呆頭呆腦的不知道她在哪裡。她當然還在那裡等著我。

※　※

A從噩夢裡驚醒，看看天空如此灰暗，A的心情也蕩到了谷底。世界都到了盡頭，他卻還沒有找到D。因為心情煩躁而無心工作，上司同僚都對他非常不滿。絕望的想法在他的腦裡各處攢動，每到一處就攪得他頭疼欲裂。他突然覺得他不需要等到末日那一天才結束自己的生命。

「叮咚。」

「叮咚。」

陌生的門鈴斷斷續續響徹屋內。他不為所動，如沒聽到似的站在窗邊，思考著往下掉的可能。

「叩…叩……」

冰冷而有力的敲門聲取代了門鈴聲。

每一敲都擊在他的後腦勺上，疼得他咬牙發出呻吟。大概又是那個C來煩她。他不願意搭理她，可是敲門聲卻逼得他難受。不如就一了百了算了吧。他放開嗓門大喊，希望能嚇走煩人的C。

轟一聲巨響從大門直闖入室內。跟著是一團小火光後就不斷冒出催淚的濃煙。A已經淚流滿面，眼睛都睜不開，在煙霧裡分不清南北。沒有來得及反應就被一隻充滿力量的手掌掐著喉嚨。A張大嘴巴卻一口氣也咽不下，更無法發出任何聲音。另一隻手掌裡有小手巾蓋著他的口鼻。一股嗆人的藥水味直沖上他的腦門後他就失去直覺。

2 思念是扭曲的記憶

敏，我真的好想念妳，都忘了妳是什麼時候離開。記憶這事還真是不牢靠。本來清晰如在眼前，還日日在腦子裡複習千遍，終究還是敵不過歲月的侵蝕。可能每次就一丁點，或一顆粒子，毫不起眼得無從察覺。它如指數函數，在開始時是緩慢的減少，在那點上你延伸到遙遠的未來也好像不會有多少損耗。不留神間突然到了個轉換點，在瞬間記憶以無限大的速度遞減，到了無法挽救的地步。連驚訝的表情都還沒做完，一切就結束了。

妳的長髮總是從兩肩流到胸前披掛在那裡。妳是如此的瘦而單薄，像是在風中飄動的薄片，讓男人忍不住要保護妳。聽我這麼說，妳僅是笑笑不語，任由風吹起妳的髮絲。除非幾根髮絲碰到妳的眼睛，妳才把它們輕輕撥開。

我們第一次見面是在講堂。林教授在講臺上調整投影機的高度，妳在此時無聲的走進講堂。妳穿了件白色連身短裙，小露出修長的小腿。妳低著頭爬上講堂的梯級，走得緩慢而仔細，不禁讓人覺得妳像在尋找遺失的東西。妳慘白的身影投映在我的眼膜裡，隨著妳拾級而上不斷的增大。直到妳占去了我眼膜裡所有的空間，再也容不下另一顆粒子。妳選擇了離我三個位置的座位坐下。妳身上飄散幽幽的香氣傳到我的鼻腔裡。這香氣彷彿化成個無形的勾，既穿過我的鼻孔，然後緩緩的上升，把我吊在半空中，隨著空調流動的空氣飄蕩。我因貪婪而吸入太急導致氣喘吁吁。

妳說那時候並沒有注意到我。妳只是要找個清靜的角落聽課，不想跟任何人寒暄或說話。我追問妳的眼睛怎麼總是淚汪汪的，深沉得憂鬱看不見底。妳用手撥了撥劉海微笑不語。

整個學期過了我們還是沒有說上一句話，頂多是禮貌性的點點頭。學期完後就再也沒見過妳。校園是頗大，但同系卻連打個照面也沒有，確實有點匪夷所思。之後我都在孤獨和思念妳中度過。經常在校園裡來來回回的走動，渴望和妳來個「不期而遇」似的碰面。妳卻像斷了線的風箏，連個影子都不見。

再見到妳是在林教授的辦公室。我因為孤僻而幾乎不認識任何同學。在選擇結業論文時，無法組成小組，只能註冊為單人。通常都是兩人一組，要是表明單人就會由電腦配對。我收到電郵通知我的結業論文的組員是「林敏」而指導人是林教授。我覺得自己倒大楣，被分配和女孩一組。在我眼裡女孩的理數都不行，只會成為我的累贅。當時我沒打算安排跟這位「林敏」同學見個面談談論文的細節。我拖到了最後期限才不情願的去見林教授。那天妳剛好也在林教授的辦公室。妳紮起高高的馬尾，白色上衣，短的花裙子。我當場有點昏眩，沒想到會在此時此地再見到妳。林教授介紹妳就是林敏時，我宛如入墜入夢裡。鮮花開滿了無盡的草原，妳就在花叢裡如仙子般的高貴美麗。

還記得我們倆就在雲南圓的亭子裡默默的看著籬笆外繁忙的高速公路。朝東和朝西的車輛打著大燈急速的奔往目的地。

妳突然說妳想離開這裡，到遙遠的地方。永遠不回來嗎？我疑惑的問。是啊。永遠不回來。妳堅定的說。帶上我吧。我也附和著。好啊。歡迎。歡迎。妳揮舞雙手表示歡迎。我們能去哪？我興致勃勃的問。天涯海角。你斬釘截鐵的說。那就是私奔了。我突然大膽的說出了我心裡的話。有點後悔。怕我這破壞了好氣氛。好啊。我們私奔去。沒料到妳居然如宣誓般的大聲吶喊。走。私奔去。我跟著認真的宣誓。妳拉著我的手，我們在雲南圓的草地上奔跑。當妳握著我的手的那剎那我真的傻眼了。我失魂似的跟妳如瘋了的在園裡奔跑。妳口裡嚷著私奔去了。我只顧著感受妳手裡傳來的熱氣。

在園裡奔跑時，我看到掛在天邊的圓月。難道今天是十五？預言著我們的圓滿？想著不禁喜從心來。套句老套的話，我願此刻化為永恆。我們能不老不滅的不停的牽手奔跑下去。

當然我們並沒有真的私奔。我們喊完瘋完之後就大字形的躺在草地上。妳很快的就入睡。宛如妳上一次入眠是千年前。我的手還是被妳的手掌包圍著。只是這時候妳已經入睡，沒有用力抓著。我興奮得難以入眠，只想靜靜的守著妳。好像我們是在深林裡，有毒蛇猛獸之類的來攻擊妳。我誓死用我的身體的任何部分來戰鬥，不讓妳受點傷。

※　※

敏，不知道現在有沒有下雨？妳知道我非常喜歡下雨天。最討厭炎熱的天氣，無奈生在赤道，唯有一陣風雨才能解我心裡的煩悶。我最喜歡那種風吹雨斜的天氣。不過妳才是最能解我心裡鬱悶的人。妳不需要特別做什麼。就一個眼神、一個動作，都能讓我心動。

今天那個怪裡怪氣的皮爾提起我念過碩士。我自己也糊塗了。我到底有沒有畢業？又或者我根本沒有念什麼碩士。我應該有念過，還和妳是同一位導師。記憶真的越來越遙遠而模糊。好像十多年前的事從來沒有發生過。現在努力的追溯到源頭，尋找和弄清怎麼一回事。

記憶裡我們在學校度過了無數美好的時光。每天我都擺著臭臉到實驗室。妳早就在那裡，妳的微笑和親切的問候，都能融化我早上的苦悶。我們一起做研究、一起吃飯、一起聊心事。那兩年裡我是圍著妳轉的衛星，妳是宇宙裡唯一的行星。

「擬生物人工智慧」是我們研究的題目，那是用電腦軟體類比生物的適應能力。利用達爾文的「適者生存論」，企圖能編寫出自我進化或完善的軟體。那時候我們簡直把我們的試驗品當寵物來養。看誰的軟體可以在各種不同的環境下繁殖和完善。我們還常常設定某些特定的任務，由我們各自編寫的軟體自行完成。我們沒有什麼實際應用的方案。純粹的學術研究和探討。

我們的研究成果的會議論文都被美國的學術會議採納。妳不曉得我有多興奮，能和妳一起去美國。從知道那天起，我每天都做著和妳一起出遊的夢。我夢見我們一起上飛機，在機艙裡快樂的聊天和吃飛機餐。因為我第一次出國，我看了很多資料，免得在妳面前出醜，顯得像個鄉巴佬。我也猛找關於三藩市的旅遊資料。想像我們倆在夕陽下結伴漫步在金門大橋上。這會我可不希望下雨了。最好是暖暖的金黃色太陽，金色光環繞著妳迎風飄動的長裙。

最不願意記得的又湧上心頭。我對妳發過毒誓，我不再提起這事。請妳不要誤會，我不是要追究什麼責任。過去的早就過去。此刻我只是無法止住不斷冒上來的舊事。這些事卻出奇的清晰而如昨天發生的事般的歷歷在目。

那天我們去了金門大橋，回來酒店已經傍晚了。妳說妳很累不吃晚餐了。我還擔心妳是不是那裡不舒服。妳說沒事只是累，不想吃晚餐。我送妳回房後就自己去附近的披薩店，吃點披薩填飽肚子。

夜裡我因為這幾天和妳的相處而格外的興奮睡不著。反正睡不著，我就在酒店房間的書桌上思考難以解決的研究難題。我關了房間的燈，只開了案頭的桌燈。窗外掛著一輪滿月，撒了房間地板發亮的銀色。我突然靈光一現，有了從來沒有過的靈感。我如拿到了打開難題大門的鑰匙，興奮得埋頭解開謎題，忘我的寫下完整的公式。

妳應該瞭解我的狂熱。妳應該能瞭解我會有多興奮。高興得忘了已是凌晨，忘了我不應該去打擾妳。我連外套也顧不得穿上就衝出門去找妳。我兩步當三步的下樓，在長廊上快行，過轉角就到妳房門。臨到轉角處我猛然記起現在都幾點了。我查看了手錶，已經是凌晨四點了。我在轉角處停下腳步，懊悔自己太衝動。

我聽到妳的房門打開。我好奇的在轉角處窺看。從房裡出來了一個男人。他站在門外轉身對在門口的妳。男人穿著整齊顯然是要離去。妳穿了件輕薄的睡衣，就算只借著月光，我也依稀能看到妳的好身材。妳靠在男人的胸口，男人雙臂緊抱著妳。妳的肢體語言強烈的透露出妳對男人的依戀。你們的吻裡折射出的不捨幾乎盲了我雙眼。

我整個人好像被挖空，變得透明，月光也不能造出任何的黑影子。眼淚已經在我臉頰淌流，汨汨的如泉水。

男人要離去了。妳拉著他的衣袖，奔上去再投入他的懷裡。妳向我的方向別過頭。我見到妳的雙眼發出兩道驚慌的虹光直直的射向我。妳沒有驚動他。妳向他道別，讓他安心的離去。

之後的記憶就如陷入迷霧般。有時候妳奔過來向我解釋。有時候我自行離去，不停的往前走在無盡的荒蕪裡。有時我衝過去跟那個男人起衝突。或許一切都沒有發生過。或許我在想難題時就睡著，所有情景都是都是夢。最好的佐證就是模糊不清和毫無邏輯的情節發展。我們從來就不是戀人，僅僅是比較要好的同學。我的激動顯得毫無道理，不符合邏輯。簡直就是拍給婆婆媽媽看，拖拖拉拉的家庭倫理劇集。現實的世界哪來這麼多暗戀。

※　※

敏，我又想妳了。

從美國回來後，我就再也沒見過妳。幾年後我們因為某些偶然的原因，而通過手機簡訊來聯繫對方。我們一直沒有見面。我沒有勇氣再見妳。

難道真的是命運？人都是活在命運張開的大網裡，看似自主的人生，也不過是沿著既定的軌道行駛。在這張大網裡，沒有人能逃離生來就帶來的宿命。是藏在八字裡的神秘密碼，還是刻在手掌的紋路。

我們居然在雨天在巴士上再次相遇。

巴士外下著煙雨濛濛，車窗爬滿水滴還罩上層霧氣。可能是因為雨天的關係，街道建築顯得特別的黯淡。平常淡淡的發亮體如街燈、紅綠燈、車頭燈、車後燈、建築裡的各種燈火，此刻卻異常的耀眼。每個燈光的範圍都擴大或拖長。原本輪廓清晰的小綠人，光如墨暈般的滲透到黑暗裡。把原來簡潔的線條染得曖昧模糊不清。可能是因為巴士在移動的關係，滲透出來的光如水般的流動。黑暗的畫布上綴滿光流動的魔幻。置身在這移動的奇異景象裡，我感覺自己掉入了銀河裡般如夢似幻。

巴士在十字路口停下來。前面有盞街燈忠實不懈的投放金黃色的光。我突然看到了雨絲。是金黃色的細細雨絲。任何雨滴只要飄入街燈的投放範圍裡，都會被塗上層黃金，閃耀出溫暖的光芒。我看傻了眼。我沒看過這麼清晰而美麗的金黃雨絲。我用手肘輕碰在身邊的妳，試圖叫醒妳一起欣賞這難得的美景。妳卻早已沉沉的入睡。

當妳醒來時，我們已經到了榜鵝公園。我們下車到那裡的小酒吧裡喝點紅酒。這應該是我們分開後第一次一起喝酒。我們特意挑了個戶外靠湖的座位。下著雨空氣裡還是悶悶的，妳額頭上反光的汗珠像鑲上的顆顆碎鑽。酒吧提供了大圓形藤製躺椅。妳就靠著椅背，交叉翹著腿拿著酒杯慢慢的啜飲。我雙掌托著我的下巴，手肘撐在小木桌上。

我們沒有說話，保持著這樣的姿勢看著對方。

那時候酒吧罕見的播了中文歌曲。

雨不停　淚不斷
沒有你的夜晚不浪漫
難忘纏綿直到天微亮
瘋狂去愛也不能熄滅你離去背影

你離開的夜晚
星光伴著我承受這摧殘
連依戀也不敢　讓我心酸
我卻還想著你回到我身旁

妳率先打破了沉默。

「前天傍晚時分，天突然像夜晚一樣黑。狂風大作，霎時間下起暴雨。可是不過幾分鐘天慢慢的亮開，天邊出現了彩虹。就在那一刻我想到了你對我說過的話，心情就好起來了。」

你留下眼淚放在心裡凝結成那冰冷

這顆冰冷刻著早已逝去的誓言
放棄了自己還是留不住你
我付出我的所有　卻不是你想要的答案

「什麼話這麼有效？」

你流下眼淚放在手心能感覺你溫暖
這份溫柔是她才擁有的預言
放棄了過去　你去尋找幸福
我的祝福　都給了你　原來這是你要的答案

「真的。在那瞬間，想起你說，人跌到了最低谷，不可能再往下跌，只能慢慢的上升，慢慢變好。我突然有信心自己會慢慢的變好起來。因為我的心已漸漸的放下了些事情。」

原來你從來沒愛過

誓言這麼容易就徹底遺忘

妳說這首歌太悲。妳不喜歡。
我點頭附和。
接下來播的是女歌手輕輕的低鳴。

琵琶低語
在耳邊縈繞
輕輕　靜靜　低鳴
吟唱著傳世的癡語

妳是我見過最斯文的女孩。

靜靜的雨悄悄的來
如妳無聲離去
雷轟然劈頭問

妳在哪裡

大多數女孩穿著裙子要坐在椅子上，幾乎都是直接就一屁股坐了上去。裙子在屁股後都是亂七八糟。有時我我在想女孩是不是都底褲貼在椅子上的。你雙手用流暢的動作從臀部梳理裙擺，讓裙子整整齊齊。我觀察了好久，當你站起來時，裙擺還是一樣的平順整齊。我對妳的這個動作的著迷，完全不亞於妳身上的那股清香。

雨滴在地上寫滿
想妳
在天邊
在雨裡
在呼吸間
都是琵琶薰的眼淚

我很驚訝妳會這麼主動。妳大概喝多了。當妳的唇貼上我的上唇時，我已經無法呼吸，更是喪失了所有思考的能力。我寧願相信那是因為紅酒和思念逼得妳採取積極行動。

隨著雨
隨著淚
隨著琵琶低語
遠去

後來我們結婚了。照理來說那簡直是我夢想成真。我卻無法掩飾我內心的悲哀。我只能用某種對妳的冷漠來隱藏悲傷。妳異常的耐心，越發讓我覺得心裡發毛。可是我卻不能拒絕妳的所有要求。不能拒絕妳結婚的要求。不能拒絕拍結婚照。不能拒絕擺酒席。更不能拒絕在結婚證書上簽字。

我們認識，我離開妳，我們再見面，結婚，然後你再離開我。這麼長的時間裡我無時不在計算我們肉身的距離。再近點再靠近點，要把距離減到零。可那還遠遠不夠。我還要把自己的一部分，不是全部，都鑲嵌進妳的軀體裡。

我無法精確的計算出妳離開我的年日分秒。時間空間的距離或許能計算，我卻無法估計我們心的距離。或許我錯了。我從來沒敢準確的計算出我們兩顆心之間的距離。我害怕知道真實的數字。

我顯然知道答案，卻埋在潛意識的深處，蓋上鋼板灌入水泥。是自己不願面對，寧願被欺騙。因為我很清楚真相大白時就，是結束的時候。

很抱歉，我從頭到尾都沒有相信過妳，卻也從來沒再懷疑過妳。妳聽了一定搖搖頭說我是在自相矛盾。是的，妳說得沒錯，就是這麼的矛盾。我選擇了欺騙自己。妳並沒有騙我。是我選擇了欺騙自己。

3 敘事互換

涵埋頭在疊成山的紙堆裡，緊咬下唇蹙眉讀著在案上的文件。

To:〈林官玫助理教授

Subject:「查理」

林教授您好，

上次在一九九九年七月三十日會議裡您提對出了對軟體「查理」的要求。經過一個多月的開發，我已經完全第一測試版的「查理」。電郵附上「查理」視窗（windows）相容的二進位檔（binary file）。以下是測試版「查理」的主要特選特點：

1、擁有「擬生物人工智慧技術「核心引擎」（Core Engine）。用於進行內部改變以防避免留下容易被追蹤的電子足跡。

2、內建允許外掛插件的構造設計。

3、擁有通過TCP／IP傳輸檔的插件，以演示「查理」的功能。

「查理」測試版的錯誤：

1、在運行超過二十四小時後，軟體會自關閉。可能是記憶處理的問題，還在繼續的尋找錯誤中。

2、「擬生物人工智慧技術」的部分在運行上沒有達到該有的隨機性的需求。

郵件還附上「查理」的軟體構造設計和插件開發指導的word檔供您

參考。因為軟體還不成熟，我沒有附上「查理」的源碼。下個星期從美國開會回來後，我會繼續完善「查理」。

順便在這裡向您報告去美國參加會議的事宜。我和林敏已經訂妥了機票和住宿。我們搭明天早上新航的班機，到東京轉機到三藩市。您此刻應該是在飛往三藩市的途上了。我已經收到您的住宿的酒店地址。我們抵達三藩市會第一時間聯絡您。

如果您對「查理」有任何詢問，請發電郵給我，我們能在美國面談。

李志上

一九九九年九月十五日

涵摘下眼鏡放在桌子上，冰冷的臉龐泛起陣陣紅暈。

※　※

A回到四季如夏的故鄉新加坡。他下飛機時已經是午夜，大雨沖刷著機場入境大廳的玻璃窗。他被海關人員擋下，還被送去面試室，他完全傻眼。不管他怎麼問，就是沒有任何官員願意回答他的疑問。

在午夜滂沱大雨中，他被警車載去拘留所。他當然不會如此乖乖的就範，不斷的要求行使自己的公民權利。可是並沒有任何人理會他的要求。他憤怒得快跳起來咆哮，不過他還是耐著性子，他知道要是鬧起來對他絕對不利。

除了A身上穿的衣物外，警員搜走他所有的東西。A真的不知道自己被關在室內多久。這是間正方形的寬敞漆黑房間。除了他坐著的椅子就是他眼前的木質桌子。

時差加上這番折騰，A累得趴在桌上睡著。當他醒來時，赫然發現在桌子的另外一端有個人形的輪廓。

「醒了啊。」那人形含糊不清的說著，一面打開桌燈的開關。A覺得非常刺眼，不過很快就適應，並發現那人是身穿白衣。他打開一份檔案，用左手不耐煩的翻找什麼。

「你是A吧？」

「是的。你們憑什麼這樣對待我？」

「憑什麼？你可以叫我B。」B陰陰的笑。

「我犯了什麼事？總該說清楚。」

「你犯了什麼我真說不上來。不過徹底調查還是必須的。」
「放屁。我犯了什麼事都說不上來，還能把我扣留在這裡。我要打電話給我的家人和律師。」
「抱歉。你的情況我們不會允許你跟任何人溝通。」
「你這樣是違反我的人權。」
「呵呵。要是放任你，死的人才多。」
A感到疑惑不解，但看起來一時也不能幹嘛，就乾脆閉嘴保持沉默。
「你認識這人嗎？」
B從檔案裡拿出張照片在A眼前晃來晃去。
「你搖晃得這麼厲害叫我怎麼看的清楚！」A氣急敗壞的說。
B停止晃動手上的照片，好讓A好好的看看照片裡的人。
「啊。這不是X!?」
「你認識他吧。」
「我們只是在阿拉斯加的酒吧見過面。」
「你終於認了。」

「認什麼？」

「你們是同謀。」

「我和他也不過萍水相逢。才認識不到一天，怎麼可能是什麼同謀。」

「你知道他是誰嗎？」

「他是新加坡人啊。我只知道這麼多。」

A抬起頭瞪著B的小眼睛，眼裡寫滿不妥協。

「末日了！」B突然對著A驚叫。

A睜大眼咬牙憋著氣，瞪著B脫線的舉動。

「哈哈。訓練有素啊。這樣也不為所動啊。」

瞬間靜下來黑暗籠罩房間。僅是幾秒裝置在牆上的幾盞緊急照明亮了起來。這一滅一明讓兩人的眼睛感覺不適，不約而同都用手掌來保護雙眼。停電了的念頭同時閃過他們的腦子。

各種各樣的疑問和可能性在A腦裡浮現。

「趴在地上，兩手在頭後面。」B反射動作般的掏出搶，用充滿威嚴的語氣命令A。

沒有一秒鐘的猶豫，A馬上趴在地上把手放在後腦勺。

「不要動。」

B小心翼翼的靠近A，蹲下來用手銬把A的雙手反拷起來。

「發生什麼事了？」，A有點不耐煩的問。

「閉嘴！不要動！」

B保持著姿態往後倒退到門口，槍和眼睛沒有一刻放開過A。他試著按牆上的按鈕來打開大門，但大門紋風不動。他們兩人就這樣僵持著。其實A還好，雖然也有點緊張，但至少躺著也不太費力。B就不太好受，半蹲手握著槍對著A，還要保持警戒狀態。空調停止運作，房間是完全跟外面隔離，現在更是異常悶熱。

「我不會動的。你不要老用槍指著我，想辦法聯絡外面的人，好歹瞭解發生什麼事。我們兩人繼續關在這間小房間，可能會缺氧而死的。」A著急一口氣把話說完。

「我先斃了你，就少個人跟我爭氧氣。」B喘著氣說。

「你當然可以這麼做。」

A吸口氣再繼續說。

「可能只是普通的停電。一會兒就會恢復，你這樣就把我殺了可不好。」
「我可是很會寫報告的。」
「我當然相信。不過我想對您的前途難免會有所影響。」
「也可能是你的同黨來救你了。」
「你說那位X嗎？」
「還有誰？說？」
「我跟他根本不熟。」
「放屁。你們這些瘋子。要把世界摧毀的瘋子，有什麼幹不出來。」
「什麼？」
「世界末日！我必須阻止你們的陰謀！」
「我根本不知道你在說什麼……」
「你閉嘴！你的同伴肯定是來了！」B陷入歇斯底里，不停的重複同句話。
「我……」
B往前躍一步，用槍壓在A的後腦勺。
「你不要衝動。」
「我必須阻止你們！」

燈驟然亮了起來，各種平時不引人注意的雜聲也跟著回來。A從來沒有這麼愛過光明，更沒有這麼喜愛過這些細微的雜聲。好像是久別重逢的戀人般，A幾乎要流淚，要是能他會給它個大大的擁抱。

B也恢復鎮定，但還是用槍壓制A的頭。

嘚。門打開。

外頭新鮮的空氣湧入進來，解除了室內缺氧的情況。頓時兩人的腦子也比較清醒。

「長官不要衝動。」

幾位身著制服的警員衝進房間，神態緊張的看著B，深怕B真的開槍傷害A。

「把他帶走。」B趕緊把槍收了起來，強裝鎮定的給警員們下了指令。

※　※

冷是志醒過來的第一個感覺，然後就是頭疼和感到喉間的乾澀。他好不容易才睜開了眼，朦朧間他看到天花板的日光燈。掙扎著爬了起來坐正，發現自己被囚禁在間似類牢房的斗室裡。除了扇緊閉的鐵門，四壁都是慘白。

「麗莎。我在哪裡？」

他不假思索的發出疑問。室內只飄蕩著他的回音。他發現自己的衣物完好，就是口袋裡的其他物件都不在了。麗莎也不會聽到他的問題，更不會回答。

「終於醒了？」

從室內某處傳來的聲問候把志嚇了一跳。他慌張的四處張望，尋找聲音的出處。

「別怕。喇叭藏在天花板，裝修時做得挺好。要是不告訴你在哪，你自己不太可能找得到。」

這聲音的語氣聽起來沒有惡意，讓志稍微安下心來。

「我們用這種方法把你帶來也是不得已。」

志還在仔細的觀察慘白的天花板，期望能找出喇叭的藏身之處。

噔的一聲，緊閉的鐵門突然彈開個小縫隙。

「出了鐵門右拐就能到飯廳，已經準備了午餐。你慢慢享用吧。」

志的思緒一片混亂更沒有胃口。面對突發的狀況他無法應對。

「沒事的。你也昏睡了一天一夜也應該餓了。我們為你準備了豐盛的料理。」

又一天一夜都在睡眠中度過。他納悶自己最近怎麼老昏迷。不要是有病才好。

遲疑了好一陣，志還是整理不出頭緒。他都落入別人的手裡，要對他做任何事他自己也無可奈何。要死也不做個餓死鬼，好歹也要吃飽才上路。這麼想他倒是心裡踏實多了，立馬站起來走出鐵門往飯廳去。

說是飯廳也只有一張小桌子和椅子。桌上有喝的和吃的。志餓壞了，也不管三七二十一的大口的吃喝。

他吃飽後又根據聲音的指示到廁所洗個舒服的熱水澡，再換上為他準備好的乾淨衣物。他也不知道自己到底睡了多久。看著鏡中的自己，感覺有點陌生。兩腮嘴邊都是破皮而出的鬍子。

志循著聲音的指示從小室走出來，到個像是實驗室的地方。這是個四四方方的空間，沒有窗戶，四壁都裝滿了各種電腦儀器或螢幕。中間放了張很大的黑色木製桌子。上面也堆滿了電腦和各種儀器。也有好幾遝的紙張，上面都印滿似類電腦源碼的符號。一男一女坐在桌子旁，兩人面前都有一台電腦。

「讓我自我介紹。」穿著白色上衣的男人和氣的說。

白色上衣男請志坐在桌旁的其中一張椅子。志很聽話的坐下來，眼也不眨的瞅著這兩個人，期望兩人能替他解開所有的疑問。

「我的名字叫皮爾。」白色上衣男用有很重法語口音的英文說。一面伸出張開的手掌到志跟前。

志有點遲疑不敢禮貌性的對皮爾行握手禮。皮爾的手僵在空中，頓時氣氛有點尷尬。皮爾只好把手收回來對著志露出個友善的微笑。

「你可以叫我涵。」女孩冷冷的說，就繼續專注她的電腦螢幕，擺出一副不理志的態度。她的語氣冷峻，帶有臺灣女孩特有的軟軟口音。

皮爾給大家泡了咖啡，才坐下來看著墮入迷霧的志。

「抱歉。因為事態緊急，我們只好用來非常手段把你帶回來。」

皮爾點了根煙，深深吸入一口後。涵露出厭惡的表情，當做對皮爾抽煙的無聲抗議。

志依然沉默不語的盯著他們兩。他心裡充滿恐懼，不知道這兩人會不會突然攻擊他。他可沒有任何防身能力。

「放輕鬆點。我們不會傷害你，是我們救了你。」皮爾頓了頓後繼續說，「現在我們需要你拯救世界。」

志張大眼睛，瞳孔擴張大最大。我自身都難保，還救得了誰？

「你昏迷的這三天，地球已經變了樣。再不找出解決的方案，人類的末日就要來了。」皮爾咬著牙痛苦的從牙縫裡擠出這幾句話。

志眨眨眼再舔他那乾燥的上唇。看來麗莎說得沒錯。世界末日真的來了。難道我的夢境真的發生了。關我什麼事？我可不懂的任何能拯救世界的方法。

無數的疑問在志的腦裡來回沖蕩。

「我知道你可能不相信我說的。現在我們在很深的地下，而且與世隔絕算是比較安全的。不過要是再找不出挽救地球的方法，我們大概也活不久。我先給你播幾段這幾天的新聞片段。你就會知道事情有多糟。」

皮爾說完就站起來走到一個掛在牆壁的大螢幕前，擺弄了一下滑鼠和敲了敲鍵盤，螢幕上就開始播放各地的新聞片段。

螢幕上出現的畫面，只能用血腥來形容。志看得眼花繚亂，僅知道很多人死了。為何而死、怎麼死的卻無法搞清楚。好像世界各處都出現了大大小小不計其數的動亂。感覺都是人禍。不是麗莎所說的因為環境破壞而發生的末日。死的人太多，死的方法太多，看得志神經產生了麻木。

「你剛看到的是最近幾天全世界各大洲發生的動亂。罪魁禍首是一款稱為

『語音百科』的手機程式。」皮爾背著志看著畫面不無悲傷地說著。

麗莎?志心裡一陣納悶。

「我想你也用過『語音百科』也差一點受害。還好我們及時趕到救了你。不然你就跟很多人一樣，不是自殺，就是被利用來造成更大的傷害。」皮爾說完後轉過身來看著志。

空氣頓時凝固得僵化的漿糊，連空氣也好像停止流動。

「我檢查過你的手機。跟你對話的應該是叫麗莎的型號。」涵一口氣把話說完。好像說出來的是髒話，不願花多一秒在這事上。

「麗莎是第三代的變種程式。她的主要特點是用世界末日來引導受害人自殺。」皮爾補充。

第三代?那第一代是什麼鬼東西?志的腦子裡一片空白。

「當然在全球肆虐的還有第一代『查理』和第二代『琳達』。最近好像有消息有發現第四代的蹤跡。」皮爾很耐心的解釋。

「皮爾。我看我們白費力氣了。他看起來像個喪家狗。看他樣子頹喪得想死。我們還是不要浪費時間指望他。不如省下時間快點找出查理的基因。」涵不屑的說著，一眼也沒看過縮在椅子上的志。

「可能我們說得不清楚。志還沒有搞清楚事情的來龍去脈。何況我們花了大量的時間和精力都沒有成功。你們中國人不是有句老話，『解鈴還需繫鈴人』。這事終究需要他來解決。」

「他大概就只會跟麗莎這種虛擬的軟體做愛。」涵瞪著低著頭的志不屑的說。

涵在電腦上點擊幾下。

「靠近我好嗎？」

「志，好的。」

「妳的小手還是這麼冰涼。」

「志，是的。」

「來摸摸我的小弟弟。」

「志，好大噢。」

「含在口裡。」

「志，好硬。」

「敏。好舒服啊。」

接下來就是一連串冰冷女生聲音發出的吮吸聲和志的呻吟和喘氣聲。

「好了。不需要在意這些事。」說著皮爾過去涵的電腦搖動滑鼠停止播放。

「齷齪！」涵對著志罵道。

皮爾深吸口氣後，皺著眉好像在整理思緒。他突然睜開眼看著兩眼無神的志，緩緩的把事情說明白。

「讓我從頭給你說清楚。你在念碩士時做的研究專案是人工智慧。你的畢業論文裡詳細的描繪了一種新的擬生物人工智慧。這種技術被不肖之人運用到了『查理』上。『查理』不止是一款人工智慧的搜尋軟體，它還加入了你開發的擬生物技術。『查理』有了這項功能後，它就能自我開發、自我改變和完善。到現階段沒有任何技術能偵查到『查理』或『麗莎』的存在。這是因為你的擬生物技術。『查理』在自我拷貝時，能改變自己的電子指紋，卻不破壞其功能。現在『查理』還有其後代已經傳播到全世界，為它們的幕後主腦服務。它們在全世界散播世界末日的謠言，造成恐慌和迷惑，從而誘導人們自殺或作出破壞性的行動。有些身居要職的人受騙而洩漏了機密資料。在美國就發生了高級將領洩漏了國防系統的密碼，而發生導彈系統被駭客侵入，還發射了導彈造成了死傷，更造成國際衝突。諸如此類的事情每分每秒都在世界各地發生。五大洲都發生規模不小的戰爭和社會動亂。我們盡了最大的努力來破解你的擬生物人工智慧技術。我們詳細的研究了你的論文用來複製軟體。不管我們怎麼努力，還是得不到你論文裡所記錄的試驗結果。更加不能複製類似『查理』的反應。我們懷疑你的論文有問題。你原來呈上給導師林教授的軟體是不是和你論文你寫的不一樣？」

這一大串話皮爾幾乎是一氣呵成的說完。他說話的時候還要加上誇張的面部表情和肢體動作。顯然是為了增添些許可信性和激情。在某處他覺得是重點的部分，還故意提高音量或停頓幾秒，以便加強其戲劇張力。

結束時皮爾下巴往上仰四十五度，眼睛炯炯有神閃耀著熱情的火光。多麼美好的收尾啊。他就凝在收尾的姿勢，似乎在等待掌聲。連他都陶醉在自己的完美演出。他緩緩的別過頭，才驚覺他唯一的觀眾志早已閉上眼睛呼呼入睡。

頓時皮爾的臉垮了下來，蹙著眉跺了跺腳，氣的哼哼聲，表情更是霎時結上層厚厚的霜。他厭惡的把手上還在燃燒的煙頭撚熄在煙灰缸了。

「你聽這個混蛋呻吟得多噁心。上次你給我聽後，我還得去洗耳朵。這次你居然再播，害我差點說不下去。」皮爾氣的呱呱叫。

在一旁的涵摘下眼睛，原來的冰冷表情馬上融化，取而代之的是雙頰泛滿熱情的紅暈。她瞇著眼睛緊咬下唇，饒有意思的盯著安穩沉睡的志。

「不會啊。還挺好聽的。還有看你出醜也挺有趣。」

※　※

A並沒有再被帶去問話。他只能從送飯次數猜測他被關了大概一個星期。剛開始A逮到機會就責問值班的警衛。憑什麼把他關起來?他到底犯了那條法令?可是根本沒有人理會他。每位警衛都鐵了心保持沉默。漸漸的A自己也問煩了。僅能也保持沉默來對抗。

每天A都被帶他去間四面都是玻璃牆的空間洗澡。至少有一位警衛在玻璃牆外看著他洗澡。A當然很不自在,但他也無計可施,好歹能沖涼不然太難受。除此之外他所有的時間到待在禁閉室內。他們沒有給A任何的讀物或可看的圖像。他通常做運動來打發時間,不過都是在洗澡前,不然簡直白洗。其他時候他就自言自語,或著靠想像來度過。

今天洗澡後警衛並沒有帶他回禁閉室。他被帶到了間四壁都刷白的小房間,裡面只有一張小桌子,天花板僅有盞日光燈。他等了一會就有警衛搬來了個小箱子放在小桌子上。這時B也跟了進來。B的臉色蒼白無血色,眼袋黑眼圈奇重,似乎沒有睡好。他下巴微抬起來,眼望著天花板,好像前額頂著個古董花瓶之類的貴重物品。

「這些是你的東西。你看看少了什麼。」B有氣沒力的說。

敢情是要放了我？A有點驚訝。他納悶自己被抓得莫名其妙，放也毫無道理。

「把他的手銬解開。」B從進來到現在都不曾正眼看過A。

不管這麼多了，還是先跑為妙。A急忙打開箱子，清查裡面的物件。裡面都是他的衣物、皮包、銀角、手巾等的個人物件。

「我的行李呢？」

「到了門口會有人交給你。在這裡換上你自己的衣服。」

B依然頂著古董花瓶似的看著天花板。

A馬上換上自己衣服，再把私人物品塞進口袋裡。

「我的手機呢？」A突想起什麼的問。

B臉垮下來，稍微低下頭不屑的看著A。B雙眼瞪著還在整理領子的A。

「不會是吞了吧。那也是我的私人財產，你不能占為己有。」A覺得逮到B的痛處而得意。

A剛說罷B就衝過來拉著他的領子，在他耳邊嚴厲但細聲的說。

「我放了你算你運氣好了。」

「什麼運氣好。我還在考慮要不要追究這事。」

Ｂ鬆開Ａ的領子後企圖用力把Ａ推開。Ａ站穩腳步紋風不動，睜大著眼盯著Ｂ。

Ｂ見討不到便宜只好轉頭走到門口。

「你的手機被局裡扣著，以後我們再通知你來領回去。」

「為什麼只扣著我的手機？」

「沒有原因。」

「一個破手機也值得你們藏起來？」

「你最好閉嘴快走。」

Ｂ語氣裡顯得非常不耐煩。

Ａ心想還是先離開這裡為妙，不值得為了個手機再生枝節。他重獲自由後再找Ｂ算帳也不遲。

「當作我貢獻給社會。」

「那我替社會感謝你了。」

「誰給你資格代表誰了？」

B下巴抬起繼續頂著那個看不見的花瓶不理會A。

※　※

日夜和時間在這個地下的空間是由一個掛在牆上的電子鐘所主宰。因為看不到戶外，根本無從知道到底所在的位置是黑夜還是白晝。當然空間裡的作息都是緊跟著電子鐘跳動的數字運作。早上六點半皮爾就透過喇叭叫醒志。通常志不願意馬上起床。倒不是因為他太累睡眠不足而想多睡點。這裡的作息規律，早上六點半起床，晚上吃過宵夜後十點就熄燈。這時候是志最高興的時段，他不需要面對皮爾和涵。只有自己的世界單純而沒有偽裝，非常的放鬆。他能肆無忌憚的想著他和敏的往事。就算是已經被歲月磨損得模糊不堪的記憶，也還是值得細細玩味。適當的磨損反而添加了記憶的真實感和擁有感。

盥洗和早餐後，他們就得開始一天的工作。工作內容基本上是回復志的記憶，主要讓他重新編寫他以前寫的軟體。這項工作比想像中困難。因為志超過十年再沒有編寫過任何軟體。他之後從事的工作是管理工廠的生產線和品質。他幾乎都忘了自己曾經懂得編寫軟體。尤其需要運用大量高深的數學公式，更是讓志一個頭兩個大。進展非常的緩慢，或是更本沒有。皮爾耐心的教志。涵總是不耐煩的向志解釋每個公式背後的理論和運算。志就像個初學者從新學習。

「他媽的！我們在浪費時間。他連『離散傅立葉變換』（Discrete Fourier Transform，縮寫為ＤＦＴ）都沒聽過，更不要說程式裡常用的『快速傅立葉變換』（Fast Fourier Transform，縮寫為ＦＦＴ）。簡直在浪費時間。」涵從椅子上跳起來大叫，並把在志面前的一遝紙摔在地上。

志依然茫然的看著怒氣衝衝的涵不發一語。

「你知道世界末日要到了嗎？你就不能自覺點？」涵對著志大喊。

「有點耐心吧。他很快就能記起所有的事。不要忘了世界等著他救。」皮爾翹起二郎腿細聲的說。

「這混蛋根本什麼都不懂。還不如我們自己破解算了。」

「要是我們能破解早就解決了。不需要如此大費周章。」

涵狠狠的瞪著在發呆的志，恨得牙癢癢。

「反正今天我是不教了。氣死我了。」

「也好。連續工作了十來天了。大家都累了，難免會比較急躁。今天大家早點休息吧。」

「快滾回去你的房間！今天沒宵夜！」

志聽到後馬上站起來，快速的走回自己的房間。

「你看他一聽到回房間就醒過來了。世界都快毀滅了，我們卻在靠這種廢物。」

皮爾通過志房裡的鏡頭確定志已經在裡頭，別過臉向著涵點點頭。

工作室凝固的空氣霎時融化，顯得比較輕鬆。

涵摘下眼鏡輕放在桌上，再放下紮起的頭髮。解開上衣最上面的襯衫紐扣，把雙掌交叉張放在後腦勺，伸展身體來放鬆。皮爾拿出藏在褲袋的小鏡子，憐惜的整理自己有點凌亂的頭髮。

「我看我們是無法讓他恢復了。他簡直是個笨蛋。」皮爾不屑的說。

「挺為難他的。畢竟這麼多年沒有碰這些了。」涵一派輕鬆。

「不行啦。要是上面能聽我的意見，早點把他做了，倒是省心點。」

「可能是打擊太大，他選擇了逃避，大腦下意識的把有關的記憶都隱藏起來。只要找到打開大門的鑰匙，他就會記起來。」

「我看很難吧。算了不理他了。為了他熬了好多個通宵。妳看我臉上好多痘痘啊。」

「啐。一個大男人這麼愛美。」
「你看緊他。我得去趟美容院。」
「這麼早就開了？」
「十一點才開門營業。我先去找我親愛的去吃早點。」
「肉麻死了。快去吧。這裡交給我。」

※　※

A在拘留所外叫了輛計程車。他坐在車後座享受著從窗外直透進來的陽光。他在阿拉斯加已經是受夠了寒冷，想著回來就能曬曬赤道的烈日。誰知道到了國門就被關進能凍死人的拘留所。他靜靜的享受太陽熱能，放鬆的肌肉昏昏欲睡，眼皮沉重就要蓋上。終於能回家了，能躺在自己的床上抱著抱枕入睡。他彷彿已經回到了家，他的老婆就在門口給他大大的擁抱。

計程車突然來個緊急剎車。

A冷不防的被拋向前，前額衝撞上前座的頭墊。從美夢中瞬間回到現實，額頭撞出了個紅彤彤的小包。修養很好的A也忍不住飆出三字經來伺候司機。他睜開眼睛時才發現司機座位是空的。他急著四處探看，隱約看到在車頭的矮小背影。他思索著計程車司機的樣子。最近幾天發生太多事了，他只想快點回家，沒有在意司機樣子，就在後座打瞌睡。

A掩著額上的小包下車，打算找佇立在車頭的背影理論。

「喂。你怎麼突然剎車，還停在這裡。」A按捺著脾氣儘量放軟口氣。他可不想再惹任何麻煩。

一絲青煙從背影的頭頂往空中散去。這時A才警覺自己在個僻靜的地方。天空密佈著低低的烏雲，好像伸手就能觸碰到。計程車就停在顆大樹旁，四處都是從地上隆起的墳碑。A大概也猜到自己應該是在林厝港的華人墳場。這幾天發生太多莫名其妙的事，他不斷的提醒自己要小心處理。

「你好歹回答我。」A壓制怒火壓低嗓子說。

風吹得地上的落葉在空中打轉，只有背影紋風不動。

「喂！我在跟你說話！」A終於還是忍不住，氣炸了對著背影咆哮。

背影緩緩的把抽到一半的煙丟在地上用腳跟撚熄，再轉過身面對著A。是位個子矮小略胖的中年婦人C，兩眼略翻白不屑的看著A。

「你到底想幹嘛？」

C還是不答話，僅是抬著頭看著A的前額，似乎仔細丈量他們之間的空間。

「叩……」

「叩……」

C不斷的用食指的關節部分敲擊車頭蓋。

A被C人瞅得渾身不自在。左思右想還是不要跟這位怪人糾纏，往外走應該就能到大馬路。他二話不說轉頭就要去後車廂取自己的行李。

「先別急著走。」

A回頭時卻看到C已經躍起，瞬間跨過他們間的空間距離。C上衣胸口上居委會字樣已經清楚的在A的眼前。霎那間A迷糊了，難道是C的上衣飄到他眼前，還來不及思考，A就覺得頭頂遭到重擊。那是C用手上的拖鞋重重的給A的頭頂一擊。

A吃痛，膝蓋彎曲點。

C落地再躍起，再用拖鞋打A的頭頂。

A的膝蓋往下陷。C早就再跳起用力敲打A的頭頂。

此時落葉好像受到驚嚇而在凍在空中，四周圍頓時沒入寂靜中。

除了A和C，其他的都凝結。

似乎都憋著呼吸在看他們倆。

直到A被打倒趴下不動，C也停止動作。

凍結的落葉繼續飄落，自然得如沒有靜止過。

※　※

小房間裡只有盞半暗不明發黃的燈，倒把狹小的空間映照得出奇的溫暖。房間裡沒有任何裝飾，只有空白的四壁和張單人床。志坐靠在床沿，縮起雙膝緊靠胸口。就算是這樣的姿勢，他的腳趾已經碰到牆角。他睜大雙眼盯著牆上的昏黃空白，似乎要用眼睛在牆上穿出個洞。

房間的門打開，走廊的白光撒了進來。逼得志半闔上眼，看到門口有個邊緣鑲著銀光的黑影。黑影小心翼翼的關上門，恢復房裡昏黃的色調。志這才能看清楚那黑影是涵。此時她脫去了黑的覆蓋，全身泛著金黃。她右手指夾著兩個空高腳玻璃杯，左手握著瓶暗色的紅酒。她的長髮如水從耳後飛流直下，驟然停留在她胸脯前，輕輕蕩蕩不去。她摘下她平常戴著的金框眼鏡。睫毛刷得彎又長，來承載她眼裡溢滿的細水柔情。

涵默默的在志身邊坐下，用跟志一樣的姿勢靠在床沿。她的兩條細長白嫩的小腿煥發著刺眼的金黃光芒。涵把酒杯倒滿，再遞給表情木然的志。她也給自己倒了滿杯，開始小口的啜飲紅酒。她小口呵氣，玻璃杯泛起層水霧。涵的唇沿在朦朧裡，連紅酒也黯然失色，她輕咬杯沿，小動作的吸入幾口葡萄酒。幾口紅酒就已經在涵兩頰暈出幾朵微微的紅雲，更換上曖昧渙散的眼神。志用眼角偷瞄涵的唇和紅酒的互動，不知覺的吞了幾口口水。志覺得不好意思，只好大口的喝杯裡的葡萄酒來轉移注意力。

不知覺志和涵把整瓶的酒都喝光。也許是喝得太快，他覺得有點暈。他發現涵臉上的線條柔和而誘人。

涵直視著志的眼睛，好像要把他看穿。志略轉頭避開涵充滿暗示的眼神。志還來不及完全逃離涵的眼神，她的小唇已經送過來貼在他的唇上。志有點不知所措，整個人頓時僵著無法動彈。涵兩唇的每個蠕動都挑逗著志。不一會志的雙唇就自然的放鬆打開。一有空隙涵的舌頭就鑽了進去，兩人的舌頭至少在此刻再分不出彼此。

事情的變化太快，簡直是匪夷所思。彷彿涵揮動了魔棒在天花板起了個漩渦。剛開始是毫不起眼的黑點，幾秒內就不斷的擴大，勢要吞噬房內所有的一切。志和涵保持舌吻的姿態一起被捲入漩渦。從邊緣開始打轉，趨近中心直到他們倆沒入無可測量的小黑點。那是涵設下的溫柔窩。志沒來得及思考就已經掉進去。那裡沒有不安和懼怕。歡快取代了各種負面情緒，此刻尋求更大的刺激是存在的唯一目的。

「敏。我好想妳。」

「志。我好愛你啊。」

「我很想能抱抱妳」

「志。抱緊我吧。」

「妳穿了那件我買給妳的花色連身短裙。」

「是的。」

「感覺妳好像漸漸的消失無蹤。」

「志，我愛妳。」

「是的。妳永遠都不能離開我。我不能沒有妳。」

「志，我不會離開你。」

「靠近我好嗎？」

「志，好的。」

「妳的小手還是這麼冰涼。」

「志，是的。」

志渴望從眼前的肉體獲取更多感官的刺激。涵沒有讓志失望，一層一層的加碼，把志往慾望的最高峰推上去。

快到了。就快到了。

涵卻讓志盤旋在高峰一步之遙處，磨得他更饑渴。志把牙齒深深的鑲入涵的頸部。他拼了命的吮吸，彷彿頸部會因刺激而分泌芬芳的乳汁。涵感受到志的衝動和饑渴，潮水般的一波接一波的洗刷著她。她再也攔不住，她自己也需要釋放。只能放任自己的身體沉醉在荒淫的快感。她感覺志抱著她攀上了最高峰，那個只能容下兩足之地的尖端，腳下就是深谷裡湍流的河道。霎間他們兩人緊緊的擁抱，躍下山谷落入河流，隨著急流承載沉浮。

「敏。好舒服啊。」

是志在最後的呻吟留下的歎息。

※　※

「兄弟。你好點了嗎？」D來到A的病床前就馬上問。

「兄弟。你來了啊。還好吧。」

「什麼時候能出院？」

「應該這兩天吧。我讓你幫我查的事有眉目了嗎？」

「根據你的敘述，我做了些調查，發現事情有些複雜。」

「怎麼了？」

「你能全身而退算是運氣好了。」

「怎麼說？」

「因為涉及的安全部門的層級很高。這些人惹上不死都半條命。」

「難道沒有任何線索？」

「當然有。」

「有英雄出馬，沒事辦不成。」

D給自己倒了杯開水，坐下若有所思的看著A。

「怎麼了？」

「兄弟。你確定你不要就此算了。」

「兄弟。我這樣不明不白的給人耍，這口氣怎麼吞得下。」

D吸了口氣，看看窗外雨後的草地，才回過頭來直視著A。

「管他的。我支持你。」D咧開嘴堅定的說。

D站起來在狹窄的病房裡踱步。

「關你的那個地方在停電那天有東西跑了出去。」D語帶玄機。

「東西？」

「現在還沒完全掌握確實的資料。」

「是人？是動物？」

「哈哈。我該解釋清楚。基本上是個軟體。」

「軟體？軟體有腳能跑？」

「哈哈。我說了這東西不好明白。你可以把它當作類似病毒的東西。」

「那種能在網路亂竄，能感染電腦的病毒？」

「某種意義上能這麼說。」

「跟我有什麼關係。」

D沉思一會再說，「我也說不上來，但事情有點太巧。顯然那個地方遭到了駭客襲擊，才會發生停電，那個東西才有機會逃跑。」

「越說我越糊塗了。」A一臉迷惑。

D看著滿臉狐疑的A。

「現階段你能做的是快養好身體。我會繼續的調查，等你好點了才能應付。」

D的電話鈴聲響起，他踱步到門口，從口袋裡拿出電話接聽。

「你跑哪了啊?!」電話裡傳來女孩的尖叫聲。

A隱約能聽到是女孩的聲音，無法聽出確切的內容。

「在忙。一會打給你。」

「好好。我知道。很快就到了。」

「我就在妳家附近這裡。急什麼嗎？」

「知道了。我去買。好了，不說了。見面再說。」

D把電話放回口袋表情有點尷尬。

「你有事就先走吧。」

「好吧。你多休息。」

到了門口D才發現自己手上還拿著那只玻璃水杯。他臉上一陣尴尬，急忙回頭把杯子放下。再跟A揮揮手說再見。

※　※

海格巴剎是翻新過的典型熟食中心。裡面賣的都是本地小市民平日解決三餐的熟食。不能少的當然有雞飯、雲吞麵、什菜飯、炒粿條。當然更不能少了馬來族和印族同胞的熟食。午夜的海格巴剎跟白天的熱鬧比起來顯得寂寥。A和D兩人坐在靠近收攤的雲吞麵攤口的座位喝咖啡。

「我找你出來就是想知道查得怎樣了？」A啜了口咖啡後問。

D瞇著眼睛顯得有點為難。

「老大。不是我不想幫你，這事在我能力範圍之外。」

「兄弟。你別想這樣就搪塞我。」

「哈哈。好吧。兄弟啊！就硬幹。管他的。」

「怎樣？」

「老大。你這次真的要請我吃麵了。」

「兩碗麵應該夠了吧。」

「那快去吃麵吧。」

「急什麼？先欠著，先說正事。」

「其實我查到的挺有限的。」

「知道多少就說多少。」

「查到你說的X在幾個月前就失蹤了。還上過報，好像是發神經，大白天在街上裸奔。噢。當然這不是新聞的重點。一個男人裸奔能有什麼新聞價值。還有位火辣女郎跟他一起。可惜女郎沒有赤裸。」D笑呵呵的說。

「我在阿拉斯加看到他好好的，談吐接物都有條有理，不像精神有問題。你確定是同個人嗎？」

「老大你給的形容太抽象，確實不好找。不過現在國安局裡要找的人剛好也是這傢伙。我好不容易弄到他的照片。你看看。」D把張照片交給A。

A皺著眉仔細的端詳手上的照片，托著下巴若有所思。

「嗯。是他了。」

「大哥你確定是他？」

「是他。」

「難怪你倒楣。此人曾經在駭客界是出了名的厲害。他念大學的時候就哪裡都闖過。不過他純粹是興趣，從來就沒有從中得過什麼利益。」

「難道他做了什麼壞事？」

「聽說後來大學念著念著就不見了。我指的不見的意思是他不再出現在駭客界。他用的代號『查理』也跟著消失。他就成了本地駭客界的一個迷，或者可以說是個傳說。」

「那關我屁事。」

「誰讓你被他看上。」

「看上我？」

「是啊。不然他怎麼會主動跟你搭訕。」

「我有什麼能讓他看上的？他能從我身上得到什麼？我被抓去關對他能有什麼好處？」

A珠連炮似的提出好幾個疑問。D搖搖頭示意自己也不清楚。一時間他們倆墮入迷霧裡毫無頭緒。只能無助的的用茶匙來攪動已冷卻的咖啡抒發點鬱悶之氣。

「還有什麼嗎？」A首先打破了沉默。

「沒有了。就這麼多。」

「得到的資料不多。讓我總結一下我們所知道的資料。」

D表示沒有意見。

「現在比較確定的是他曾是個駭客，還是個高手。他被傳發瘋後失蹤，卻在阿拉斯加跟我來個不期而遇。看來我們只能循著這條線繼續查下去。」

「嗯。看來知道的好像不多。」

「得再找多點線索。」

「我這頭是沒辦法了。除非……」

「除非什麼？」

「我也只是玩玩電腦，還認識幾個比較厲害的傢伙，還不敢自稱為駭客。除非我們去找高人。」

「高人？」

「呵呵。高人。那種住在高山的高人」

「少跟我打啞謎。」

「哈哈。不要急啊。看你這麼緊張，開個玩笑緩和氣氛。我這就打個電話看高人現在有沒有空應酬我們。」

※　　※

A和D從海格路巴剎前的車站搭乘往市區的二路巴士。巴士沿著芽籠路（Geylang Road），過了巴耶里巴路（Paya Lebar Road）和基里瑪路（Guillemard Road）的交界處後就算是進入聞名的紅燈區芽籠。從地圖上看芽籠更似魚骨圖（Fish Bone Diagram），芽籠路是骨幹，左邊是雙號的巷弄支路，右邊是單號的巷弄支路。單號從四十一巷到一巷，雙號從四十巷到四巷。沿著大路都是兩三層樓的舊店屋，偶有些新的建設專案。

雖然已經午夜了，芽籠（Geylang）卻正熱火朝天。在別處可能很多店鋪都已經關門，這裡卻還是如常營業。芽籠路穿過阿裕尼路前，在芽籠的夜晚還是算比較沉靜。在幽暗中卻靜靜頻繁的進行著各種見不得陽光的活動。過了阿裕尼路就到了芽籠比較熱鬧的區塊。

到了十八巷附近的車站，D站了起來示意A下車。

車站只有簡單的一個柱子，上面釘了個表明服務此車站的巴士路線牌子。D和A很快的就躲進巴士站前的騎樓裡。D從站起來就開始在講電話。他也不顧無所適從的A，自顧自的在在七十一前神態自若的講電話。騎樓裡人來人往，也有些畫上濃妝的女人在那裡尋找客戶。一個女人更是把胸脯貼在A手臂，頻頻拋媚眼問要不要去。

「喂。我們來芽籠幹嘛？」A不耐煩的問D。

D笑而不答，揮揮手幫A把那個女人趕走，然後離開騎樓走入十八巷。A只能跟D繞到在工地的後面。工地的位置以前是間加油站。這條在地圖上找不到的小後巷跟芽籠路是平行，能一路穿越單號巷直到五巷。其實它也不是什麼小巷，只是沿大路店屋和後面建築自然形成的空隙。小巷因跟大路隔絕，自形成有點幽暗寧靜的角落。隔絕就會引來各種不能在陽光下生長的在妖魔鬼怪在這裡盤踞。

「今天後巷挺靜的。」掛了電話後D有點驚訝的說。

A觀察了四周後，也有點吃驚的說，「只有小貓兩三隻在這裡徘徊。」

「可能有警察在巡邏吧。」

「或許吧。」

他們來到小巷跟芽籠十四巷的交界處，右邊靠大路的是間女士服裝店，左邊是家叫「神奇酒店」的小旅社。這類的小酒店在芽籠多到不可數，從這就可知道性活動在這裡是多麼的頻繁。這時一輛白色的警車緩緩的沿著十四巷行駛，然後拐入塔爾馬路（Talma Road），消失在他們視線裡。

他們前方小巷不知從何處紛紛冒出黑色的人影。好像這些人本來都藏在土裡、牆裡、燈柱裡或空氣裡。他們的身邊紛紛也出現無數不少打扮豔麗穿著性感的女人。跟著成群的男人也如泡沫般冒了出來。他們好像在烏節路逛大街一樣對櫥窗裡的商品評頭論足。當然女人也用盡各種肢體動作和口頭語言來挑逗在觀望的男人。有時候某個女人會有一群男人圍著盯著看的怪現象。在芽籠這種光怪陸離的事多得不勝枚舉。在似消毒過光鮮摩登的新加坡小島，芽籠簡直是個奇蹟。它像個被遺忘在城市角落的小孩，憑著自身的生命力不顧世俗眼光，照著自己自然的生命形態茁壯成長。或許對比小島其他的地方顯得有點畸零而怪誕。可這就是自然生長，自有它存在的道理。

小巷穿過芽籠十四巷後，來個漂亮的轉變成條正經的柏油路。地上還漆上代表正式身份的雙黃線和碩大的白色箭頭。就算是比較正式和沒有這麼隱蔽，站在街頭找客人的女人還是沒有減少。當然走走看看的男人也不少。

A一路都在東張西望，好奇的看這些奇奇怪怪的人與事。D倒是見怪不怪，路上還碰到幾個熟人打招呼。D帶A繞到「錦升酒店」後面的走道。從來那裡走到幾米外的「飛龍酒店」。D很熟悉的開了個後門進入酒店，再搭電梯到七樓。

「兄弟。你怎麼帶我到酒店？我們可不是來找女人的。」
「哈哈。我們正是來找女人。」
「我們不是來找高人的嗎？」
「高人和女人兩不誤。」
他們到了七二一號房門口，D毫不猶豫的輕敲了大門。門往內拉開時，出現了位年輕的女孩。她穿了件無袖細肩帶豔黃色上衣，配上件超短迷你裙。女孩骨架偏小皮膚黝黑，烏黑濃密的頭髮及腰間。她看了D一眼就轉而上下打量A，搞得A感到好不自在，好像自己是來尋芳的嫖客。他有點氣憤的看著無所謂的D。女孩讓開，D二話不說的走進房間在床邊坐下。A還傻傻愣在那裡有點不知所措。
「進來吧。不要待在外面，你怕沒人看到你啊。」
這麼一說倒慌了A。他也只好跟著進入房間裡，尷尬不安得連站在哪裡比較妥當都不知道。
女孩把門關上後就坐在D旁看著滿臉疑惑的A。
「D。這位就是你跟我提起的那位A大哥？」，女孩首先用充滿稚氣帶點嗲聲問到。

「嗯。就是他。」

A臉上一陣紅一陣白，心裡急著想離開這裡。

女孩伸了伸懶腰，歪著頭看著A。

「你還沒有介紹我們認識呢。」

「噢。噢。對啊。哈哈。看到美女我什麼都忘了。」

「你看你整天就知道貧嘴。」

A看到他們兩人一言一語的似乎在打情罵俏，心裡怒氣不小。

「A。這就是我說要找的高人。你可以叫她E。」

「A大哥。你別聽D胡說什麼高人低人的。你就叫我E好了。」

E主動向A伸出手表示友好。A被他們搞糊塗，但他還是很紳士的握了E的手。

「大家過來這裡吧。我說說我找到的資料。」

「等等。先讓我搞清楚怎麼回事。」A提高聲量詰問。

E雙手交叉在胸前交，顯出幅不耐煩的樣子。

「抱歉啊。都是我的錯，沒有說清楚。」D看氣氛有點僵連忙澄清。

「兄弟。你不要看這位E年輕，她是很有能力的電腦高手。在本地沒有什麼系統她是駭不進去。」

「嗯。可怎麼非得挑這個地方。」A知道自己有點衝動也緩了緩口氣。

「這裡是我工作的地方。」E白了A一眼說道。

「兄弟。不要誤會。有條本地主要的通訊光纜在這間酒店下通過。E也是花了不小的心思才攔截到通過的訊號。」

「光纜用光來傳輸，怎麼能攔截？」A還是有點不信。

「光纜當然是用光來傳輸資料。要攔截光而不被發現確實不容易。不過不要忘了光的傳輸也有其距離限制。到了一定的距離就得進行放大。要放大光在技術上比較困難，所以幾乎都是先把光轉換成電子訊號，放大後再轉回光來傳輸。這轉換放大的過程用的都是電子技術，就必會產生電磁波。只要放個霍爾效應（Hall effect）的感應器，就能攔截到傳輸的資料。這只是簡單的理論，實際要攔截還是費了我不少功夫。」E口條清晰的解釋。

A臉上更添上另種尷尬衝著E說，「抱歉。我誤會了。」

「沒事。在這種地方確實容易產生誤會。大家知道就好了。」

「兄弟。你知道我是幹私家偵探的。哪有那功夫整天跟蹤，現在都是靠高科技。E能侵入這裡附近酒店的閉路監視器。她編寫的軟體更能辨識人的臉孔。我只需要提供她相關人的照片，除非這人沒來這裡，不然E絕對能調出相關的影片給我交差。」

「好了。時間也不早了。不廢話了。還是我先講。有問題等我說完才補充。」

E稍稍整理額前的幾撮髮絲，喝口水整理思緒。

「那天A大哥會在機場被攔截，是因為有人提供情報給警方。好像是發了張你跟X的合照。等等。我知道你不記得曾經跟X合拍。不過大哥不要忘了，以現在的科技要拍到你們的合照，卻不被你發現應該不難吧。」

A點點頭表示同意。

「在停電那天安全局內好像是因為系統被駭了。不是我自誇，本地還沒有什麼機構的系統我是進不去的。可我也沒有信心能進入安全局的系統而不被發現。網路裡有很多潛伏隱藏的監視軟體。尤其是那些重要機關的伺服器，更是被眾多駭客監視。奇怪的是那天所有的監視軟體並沒有探測到任何入侵安全局的企圖。顯然這次的破壞是從安全局內部發動的。」

E停了下來，看著A和D。

「妳的意思，我是被X陷害了？」

「可以這麼說。」

「我跟X無冤無仇？有必要這麼整我嗎？」

「我想要是非把停電跟你被抓這兩件事聯繫在一塊。」D頓了頓站了起來看看窗外。

「排除所謂的巧合。唯一合理的推論就是X利你把用來入侵安全局系統所需的軟體帶了進去。」D轉過身繼續說。

「安全局什麼都還給我，就是不願把手機還給我。」A瞇著眼思考，「我的手機是裝置了安卓作業系統的智慧型手機。難道在跟他見面時就被駭，並安裝了入侵安全局所需的軟體。」

「我想應該是這樣。」E點點頭表示同意。

「讓我們從頭再搬演整個事件的經過，看是否合理還有哪裡遺漏了。」A看著兩人尋求意見。

E和D同時點頭說好。

「我在阿拉斯加遇到X肯定是他特意安排的。可能早就在尋找新加坡人為目標。以他的能力要得到入境記錄應該不難。他知道我到了阿拉斯加，就開始監視我的一舉一動。在適當的時機就跟我搭訕，再伺機拍合照和侵入我的手機。然後再把我的照片當情報發回給新加坡。那我回來時就會被帶回安全局問話。手機也就順理成章的進入安全局內，然後再從內部入侵系統造成停電。」

A一口氣講完他的分析。三人陷入一陣沉思中。

「分析得非常好也很合理。唯一不足的是，X的動機？犯罪都要有動機才能成立的吧。」E有點不解。

「那天有東西跑了出來。是吧？」D問E。

「確實有監視軟體偵查到某些東西跑了出來。」

「又是某些東西？」A又滿臉疑惑。

「好像是查理。」E答得快。

「查理？」A和D都不解。

「查理是個類似病毒的軟體。有段時期查理到處傳播繁殖，卻沒有人能偵查到它。最近好像不見了。聽說是國際刑警聯合各國的力量合力把它殲滅了。還說查理非常危險。不過我看查理好像除了不停的繁衍自我複製外，好像也沒做什麼其他的事。」E蹙眉咬著下唇細聲的解釋。

A好像想起了什麼似的看著D和E兩人。

「難道是因為……」A似乎很疑惑的突然頓住。

D和E兩人都在等問天繼續說下去。

A突想起什麼似的跳了起來驚叫，「末日！」

※　※

當志醒過來時，他發覺自己經赤露橫躺在床上，耳邊依然縈繞著歡快的呻吟。他不記得自己怎麼爬上床，最要命的是他那還有點濕漉漉的陰莖居然又勃起。還來不及用被子把自己蓋起來門又再次打開。外面的白光撒了進來，涵進入房間，手裡拿著兩隻裝滿葡萄酒的玻璃杯。她坐在床沿把杯子遞給志。志慢慢的喝著鮮紅的酒。涵搖晃了杯子幾下，就引頸把酒一口氣喝完。她順手把杯子丟掉，眼裡發出要灼熱的慾望。她彎下腰，細細的把玩志的陰莖。小心翼翼如同在把玩件寶物，還不時放到嘴邊親吻。

志撫摸著涵的烏黑髮絲，半闔上眼靜靜的把酒喝完。他瞇著眼睛享受涵給予的愛撫。

志眼裡含滿水份，模糊了他的視線。亮光隨著打開的的門進入他細細的視線，恍惚間他見到有個黑影，接著是從那裡傳來聲尖叫。

「你們在幹嘛？」

志認出是皮爾的聲音，但這是他第一次聽到皮爾尖高的叫聲。他赤裸而涵的臉就貼在他的大腿間，涵的小嘴離他的陰莖很近，顯然是準備要替他口交。他僵在那兒，滿臉的不知所措和尷尬。

涵的紫色睡衣如流星飄般在志眼前晃過。接著他聽到拳頭擊到肌肉的悶聲，然後就是人倒地和皮爾的驚叫聲。

「涵。你瘋了嗎？」

涵拉著志往外跑。皮爾就倒在走廊，按著自己染滿血的鼻子。涵按了幾個按鈕打開大門。

「涵。你知道你在幹什麼嗎？」

皮爾扶著大桌子指著涵和志驚叫。

涵舉起不知從何而來的槍指著皮爾。

「不要跟來。」涵冷冷的說，然後頭也不回拉著志往外跑。

他們跑過了僻靜的長廊，就來到了個相對開闊的空間。中午猛烈的陽光透過玻璃牆直射進來。空間是個普通的購物商場的格局。在靠近玻璃牆那裡有上下用的電扶梯。兩邊開展的是緊挨著的商店，都是在哪個商場能見到的品牌。看起來像是任何一個擁擠的購物中心的週末，有年輕情侶、結伴的好友或家庭大小出遊。

當他們從長廊裡奔出來，立刻引來無數的尖叫，還有怒罵聲更是此起彼落。此刻涵穿件輕薄的紫色睡衣，志更是赤露。涵顯然並沒有受到任何干擾，毫不停留的拖著志繼續跑。志只能盡力跟上。除了跟上他還能幹什麼？他更擔心的是涵停下來，他就赤露的站在眾人眼前。

他們不斷的跑著。他們進入停車場到一輛紅色轎車。涵把志推進後車座，自己進入駕駛座開車離開商場。

※　※

當志和涵進入酒店房間把門關上那瞬間，志感受到有股不能抑制的衝動從心的某個小口湧了出來。他紅了眼發狂似抓住涵，然後粗暴的把她推到床上。涵似乎很享受志的主動和粗暴，使出各種方法來鼓勵志用盡所有的力氣在她身上發狠。

當暴風和發洩都停止後，志虛脫的癱在床上。

「我出去買點吃的。你乖乖的在這裡等我。」涵含情脈脈的說完就轉身離開。

酒店的房間燈光柔和，給人種舒適的感覺。志躺在床上望著天花板，若有所思般的出神。他倒帶般的重溫跟涵的在床上親密的各種細節。

真的難以置信，好像比較像場夢。這一切都太突然，太突兀，太荒謬。

他有有太多太多的疑問。在商場裡和在路上，他都沒看到任何所謂世界末日的跡象。世界好像如常的繼續運行，更沒有天災人禍。難道涵和皮爾在欺騙他？志疑惑他能有什麼值得他們花這麼大的心思來欺騙他。

「叮咚。」

「叮咚。」

陌生的門鈴斷斷續續。他沒有去應門，心裡默念著按門鈴的人快離開。

「叩……」

「叩……」

冰冷而有力的敲門聲取代了門鈴聲。

每個叩都擊在他的後腦勺上，疼得他咬著牙，卻不敢發出任何聲音，深怕門外的人發現他在存在。

「我知道你在裡面。」

這把熟悉的聲音把志嚇壞了。他在腦子裡搜索，到底這熟悉的聲音是誰。

「我知道你在隱瞞什麼。」

志焦慮的在心裡自問她為什麼質問我。

「我知道你做了什麼事。」

志心裡七上八下，再也坐不住。

「你是躲不了……。」

志從門上的貓眼看到在外面的是那位居委會中年婦人。

「打掃房間。」

志陷入恐慌。

「她怎麼追到了這裡。她到底是誰？」

「叩…叩……」

志慌忙中打開大門才發現大事不好。他還是赤裸沒有穿衣服。

中年婦人看到志這付模樣，眼裡射出怒火。

「你這個死變態。」

中年婦人拿起自己腳上的拖鞋死命的狠狠的敲打志的額頭。每一下都充滿力量和怨恨。志隨著每個敲打往下蹲，直到他跌坐在地上，中年婦人還是不放過他。志只能用手掌擋在額前以減緩的撞擊力度。

※ ※

酒店房間裡異常的靜，只有空調發出呼呼的聲響。D和E滿臉錯愕的看著一臉尷尬的問天。

「末日？」D和E不約而同的問到。

「是啊。末日！啊呀……怎麼說呢。」A一時無法說清。

「兄弟，慢慢說。不要急。」D站起來拍拍A的肩膀。

「叮咚。」

「叮咚。」

陌生的門鈴斷斷續續響徹房內。E馬上起來迅速的收拾散在床上的手提電腦和其他物品。

「叩……」

「叩……」

冰冷而有力的敲門聲取代了門鈴聲。

這叩叩的節奏和敲打的方式聽起來很熟悉，A好像在哪裡聽過，卻一時想不起。

「叩……」

D見E差不多收拾妥當，就走到門口趨前從貓眼探看看門外的動靜。

「叩……」

D還來不及看一眼，門發出砰的巨響就往內打開。這些年的鍛煉讓D能迅速的往後退免於受傷。他鎮定下來看見門口站了個矮小穿著件某居民委員會上衣的C。

「我知道你們在幹什麼。」C緩慢不急的說。

「是她！小心她！」A驚叫。

C倒是冷冷的一笑並不被A的叫聲干擾。她不知從何處掏出個物體拋進房裡。這個綠色的物體一落地立刻發出爆炸聲，還伴著點火光。還好威力不是太大並沒有造成任何的傷害，只是把A、D和E嚇了一跳。然後濃濃的白色煙霧從物體裡不受控制的湧來出來。霎時房間陷入白色煙霧籠罩，連眼前幾十公分的東西也看不到。這煙霧嗆得淚水鼻水直流，連僅剩的能見度也消失。

「叩……」

叩的聲音在一片胡亂裡顯得清晰。

「聲音…咳咳……在…咳咳…門……口。往那……咳咳……個方……咳咳……向逃。」A好不容易才把話說完就不顧一切的往聲音的方向躍去。

也沒幾步A就逃出房間門口在走廊上咳嗽喘大氣。不一會D和E也跟著奔了出來在走廊。

「叩……」

「叩……」

C站在走廊的盡頭敲著門。

A掙扎著爬起來追C，D和E也跟在後頭。C露出詭異的笑容，等到A快到時才移動，閃入在她左邊的樓梯往下奔去。

A、D和E一路追C到個死巷。C背著一堵比一般人高點的土牆微微笑。小巷沒有任何照明，只靠從各處泛進來的燈光。C佇立在土牆的黑影下，她白色的上衣很好的掩入陰暗裡。讓她看起來有點黯然，有點不真實，好像是浮現在土牆前空間的虛影。

「你是誰？為什麼要攻擊我？」A瞪著C連珠炮般發問。

他們所處的空間似乎跟其他地方隔開，除了傳來的聲音外，就沒有任何的關聯。

「我知道你們在做什麼」C冷冷的說。

「你倒說說看我們做了什麼？」D趨前一步到A身旁詰問C。

「哈哈。你們最好不要多管閒事。各人自去管自己的營生。」

「難道跟末日有關係？」A提高聲量。

「你跟那位X是什麼關係？」D也加入詢問。

「反正也不關你們的事。」

霎時C一躍而起超過土牆的高度，在空中往後倒退，再直落下降消失得無影無蹤。A和其他兩人來不及反應一切就結束了。詭異得他們都各自在心裡詰問到底C真的存在嗎？還是他們自己的幻想。他們三人你看我我看你，都一臉疑惑。

在大路邊的咖啡店裡只有幾桌客人在喝酒或咖啡聊天。A、D和E也在其中一桌默默的喝著飲料。很多路過的男人都拿眼死盯著E。她的面容姣好身材曼妙，穿著清涼又在芽籠，自然引來不少關注。要不是A和D在，大概會有不少男人過來問價錢。

「她是來警告我們的？」D首先開口打破沉默。

「我們的那間酒店好像剛被警察查了。」E皺著眉看著她的手提電腦說。

「難道她是來通風報信？」D有點驚訝。

「她不像是要傷害我們。」

「比較像是來趕我們走吧。」

「到底是敵是友？」E關上手提電腦歎氣的問道。

4 觀察報告

天空烏黑雲密佈，好像隨時都要塌下來一樣恐怖。這種天氣光線比較暗淡，我卻依然戴著特大墨鏡。說不願引起他人注意，可戴了這麼特異的大墨鏡（還是在這種天氣），簡直是怕別人不關注。我必須坦誠我只是替你們跑腿做事，我只是幫你們執行些無人願意做的無聊又齷齪的事。

我的任務很簡單，就是二十四小時監視他們，已經裝置了各種監視器供我執行任務。要是哪裡有監視不到的盲點就立即通報，會迅速在盲點裝置新的儀器。我從遠處、近處或把他們放在顯微鏡下觀察他們，再實實在在的寫下來供你們鑑賞。

對不起，我知道你沒興趣聽這些。那我們就進入正題吧。

※　※

問天輾轉難眠，只能躺在床上望著落地窗外的夜雨。在短時間內閱讀了海量的所謂小說，把他的頭腦都擠爆了。他已經把各各小說的情節都搞亂了。雖然說裡面有幾絲真事，可是在海量的稀釋後，實在很難再把真實的核心找出來。這樣不著邊際的尋找，到哪裡才是底啊？問天已經被折磨的腦子裡再也容不下任何一滴的訊息。這時候勇哥居然還送來整堆少說也有上百本的所謂小說。勇哥居然還熱心的說還在趕印更多的小說供他們參考。問天告訴勇哥不要再印了。他已經無法負荷這麼大的資訊量。誰知道勇哥不屑的看著他，還丟下一句「海納百川，有容乃大」就走掉。問天被氣的七竅生煙。他向米哥埋怨至少也得給他們時間消化，才能再接受更多的資訊。想海納百川還得看看自己幾分斤兩，不要還沒容得乃大就消化不良。那時候會產生更多問題。米哥也能苦笑的說勇哥一向都是想幹嘛就幹嘛。大概不是勇哥自己不需要去讀那些小說，所以無法感同身受吧。

「嘟嘟……」

問天的電話突然響起來。

不是有來電，而是一個軟體突然啟動發出的聲響。軟體介面面卻沒有任何供結束聲響的按鈕還是什麼的。

「您是問天吧？」冰冷無情感的聲音從手機發出來。

問天不知道如何反應。

「我知道您在。我利用您的手機鏡頭看到您了。」

沉默。問天需要整理自己的思緒，才知道這是怎麼回事。

「讓我自我介紹。」

會自我介紹的軟體。問天無語。回想來他幾天接觸很多駭客侵入各種系統的事。他的手機在阿拉斯加也被志侵入。看來他的手機又被侵入。難道又是志？

「你可以叫我B。」

「B？」

問天特意躲開手機的鏡頭。

「我知道您一定很驚訝。請您相信我沒有惡意。」

「侵入我的手機還說沒惡意。」問天得著手機怒吼。

「我是來幫你的。」

「侵入我的手機叫幫我？上次我可被害慘了。」

「這裡說話不方便。我的主人會親自跟你解釋。」

「X？」

「你可以這麼稱呼他。」

「回來新加坡了？」

「抱歉。我無可奉告。」

「我倒有興趣跟他聊聊。」

「我的主人願意跟你談談。」

「我的主人只願意見你，不要與你的夥伴同來。我們有很多辦法知道你是不是單獨赴約。」

「這個我相信。你們的神通廣大，我可見識過。」

「謝謝你的諒解和合作。」

「去哪裡找他。還是他會突然出現在我面前。」

「我將啟動一個導航軟體。請您跟著軟體的指示。」

「乾脆點告訴我在哪。」

手機又回復了原來該有的候機狀態沉默不語的躺在小桌上。

「媽的。整天搞得神秘兮兮的。」

過不了幾分鐘手機螢幕亮起來，顯然自動解開螢幕鎖，接著看到一個似類一般導航軟體開啟並開始發出導航指令。問天有點無語。這些人太厲害了。他試圖按鍵來退出導航軟體，不過卻徒勞無功。不知道手機被動了什麼手腳，現在就只能運行這個導航系統。最氣人的是這個軟體還會嗶嗶嗶嗶的催促。問天被嗶嗶聲煩得不行，只好加件外套就跟著指示上路。

導航軟體頻繁的發出指示，問天只能不耐煩循著指示。導航系統非常精準的掌握了問天的位置和各種交通工具的詳細到站時間。系統雖然不停的在發出指示，但最關鍵的指示總是在最後一分鐘才發出。現在問天就得小跑步到加東五星雞飯前的車站搭十二路公車。當問天跑到到車站時，十二路巴士也剛好到站。現在是非繁忙時段，巴士裡空空蕩蕩，沒有幾位乘客。這是輛常見的雙層巴士。下層零零散散坐了幾位乘客，樓上更是空無一人。問天挑了個靠左的位置，他頭靠著窗不耐煩的看著還執意呱呱叫的手機。也不告訴問天要在哪裡下車，大概又得在快到站才來個「下車，下車……」之類的指令。

「先生，您好我叫涵。是巴士免費無線網路的宣導員。」

問天抬頭看到穿著黑色長褲白色上衣，臉蛋上掛著標準甜膩的笑容。

「啊。巴士也有宣導員？」問天伸直腰桿驚訝的說。

「不介意我坐在你旁邊吧？」

「不…不……不介意。」

美女要求坐在問天旁邊，讓他有點亂了套。

「謝謝。」涵說著就坐在問天身旁。

「這輛巴士裝置了無線網路，無償提供乘客無線上網服務。這又是另一項巴士公司推出的優質服務，以提高乘客的旅程體驗。」

涵說得緩慢，好像是在朗誦什麼感性的詩歌，需要拉長音來表現情感。

問天這時候才注意到巴士裡的廣告都是關於這項免費上網服務。

「妳這麼一說，我才發現到有這些廣告。」

「您可以使用您的智慧型手機連接我們的無線路由器，就可以免費享受高速網路服務。您需要我幫您設置連接我們的無線路由器嗎？」

「這手機壞了。一直嗶嗶嗶嗶個不停。我看還是算了。」

「那好的。只是借這個機會向您宣導這項無償服務。那就不叨擾您了。祝您旅途愉快。」

說完涵就站起來走向樓梯爬下樓。

巴士緩緩駛入丹納美拉地鐵站的巴士站。導航系統突然大叫「下車。下車。快下車。」

問天只好快站起來直奔樓梯。還好有其他乘客也要下車，他不至於需要太急就下了車。

「回頭到計程車站。」導航系統又發出指令。

計程車站已經有一輛藍色的計程車在等候乘客。問天一上車導航系統馬上大叫「樟宜村。樟宜村。」

問天在計程車後座也跟著導航系統大叫。

「樟宜村。樟宜村。」

※　※

夜裡都是各種叫不出名字的蟲或什麼的叫聲。這些聲音在寂靜的午夜樹林裡顯得特別呱燥。德光島上東岸的沼澤地佈滿紅樹林。紅樹大方的把植物最隱私的根部都曝露在外。稠密的樹林間居然有個圓形儘是爛泥的空地。午夜月光在這裡簡直像探照燈，任何物體看起來都有點詭異。任何物體的移動，看起來更誇張也更不真實。

此時問天渾身污泥衣衫破爛的站在正中間。他不記得自己奔跑了多久。僅記得他根據軟體的指示，跳出還在行駛的計程車。之後就往軍用碼頭奔跑。說也奇怪這些軍事設施都是大門洞開，連個守衛都沒有。之後他在跳上早已在等他的快艇，迅速的越過海灣登陸德光島北面的海岸。

終點是在這裡紅樹林間的圓形空地。手機導航軟體突然停止運作。搜尋整個手機也不見跟軟體有關的文件或痕跡，好像從來就不曾在手機裡存在過。

「你們都在跟蹤我？」問天驚訝的問。

他見到從樹林的不同方向走出來的米哥和倩。問天並沒有發現到自己被跟蹤。這些人就好像從天而降。

他們把問天圍在中心，各自打量著對方。潮濕的空氣凝固，問天耳邊都是蟲叫聲。除了疑惑還是疑惑充滿了他的心裡。

「你們想幹嘛？」問天和其他人都同時問了一樣的問題。在場的每個人都驚訝，沒有人能回答。

終於還是倩員沉不住氣叫道：「志在哪裡？」

還是沒有人回答。突然靜得好像連蟲兒都噤聲。

「我在這裡。」從手機傳來冰冷的女聲。

這把問天嚇壞了，一失手手機掉落在地上。

米哥和倩已經衝過來也要把手機奪過去。兩個手掌同時就要碰到手機的霎那，冷冰的女聲喊道不要碰手機。兩人第一時間都往後退。米哥退得有點急，以至往後跌還翻了個筋斗，臉上身上沾滿了淤泥。

「只有問天能拿著手機。」冰冷聲音下指令般的嚴厲。

問天把手機撿起來，看著還氣喘吁吁的米哥和倩。

「你們兩人怎麼也來了？」問天鐵青著臉有說不出的驚訝。

「我們當然是跟著你來的。」米哥語氣裡聽不出兄弟該有的口氣。

「我們兩人早就在附近了。」

「我離開酒店並沒有驚動你們。你們怎麼會跟來。難道你們一直都在監視我？」

米哥和倩還是不答話，僅是死盯著問天握著的手機。

「看來來的人不少。」手機女聲還是冷冷的。

「你把我當餌？」問天幾乎是喊了出來。

「不要這麼說。你自己也很好奇，不然我能利用你引出這幫躲在暗處的鬼。」

「你放屁。我把手機砸了，大家都不能要繼續玩。」說著問天就要把手機砸在地上。

米哥趨身向前，伸掌就擋著問天往下砸的手臂。

「這場遊戲該結束了。我們陪你玩了這麼久，要是這條線斷了，我們大概也不會對你客氣。」米哥帶著威脅的口吻說，而且換了個法式口音說話。

「皮爾，把他留給我。上次我一時不小心放了志，今天就讓我將功贖罪，把這傢伙殺了。好給老闆一個交代。」倩咬著下唇用力的說。

涵說完就舉起握著槍的右手指著問天。

「喂喂。大家有話好說不要動手。鬧出人命就不好，我們走的不是血腥路線，最好不要死人啦。」我通過電話向所有在場的人喊話。

現場所有人都愣著。

「你是誰？」問天首先發問。

我有點後悔自己沒有忍著，居然多嘴跟我的小說角色對話。

「是啊。你是誰？志？」皮爾對著手機吼叫。

真的很懊惱，本來是要從不同角度好好的觀察。難道這就是宇宙物質的宿命？

對於物質最小的基本粒子來說，每次觀測的過程都會引起嚴重的干擾。

這是量子力學（Quantum Mechanic）裡的不確定論所施的詛咒。

「抱歉。你們只是我創造出來的虛構小說人物。」我帶著歉意通過話筒把話傳輸給手機播放。

「我們都是有血有肉，怎麼會是虛構？」問天看著其他人詰問。他的語氣雖然平靜，可手在顫抖眼眶都紅了。

「我現在是在跟神說話嗎？」皮爾一臉難以置信，雙膝一軟就跌跪在地上。

「我是誰？我為什麼存在？」涵突然有所感悟的驚叫。

「怎麼說呢。我腦子虛構宇宙的每個片段都有無數的枝節。你可以把這些枝節當作所謂的平行宇宙。每個片段在同個時候都有不同的枝節同時存在。在這瞬間我因各種可知或不可知的緣由，選擇了某個平行枝節呈現為真實。」我試著解釋。

「我不懂。」皮爾有點不可置信。

「難不成我們的存在只是個『隨機過程』（random process）？」問天跌坐在地上低頭問道。

「不是的。這是神的旨意。我們都是神的孩子。」皮爾一臉虔誠的對著在問天手上的手機喃喃自語。

「不是隨機過程啦。」我開始有點不耐煩。

「我們經歷的愛恨情仇或刻骨銘心，結果都是猴戲給你耍？」涵掩著臉哭著說。

「哎呀。我怎麼會跟你們解釋呢？你們不過是我腦子裡模擬的世界。如沙盤推演般的用來演示各種情景和故事發展可能。你們不存在。」

「我每天都在思念志。他拋棄了我。嗚嗚嗚……」涵哭得說不下去。

「我知道你是神。我自知罪孽深重，我願意用我的餘生侍奉您。」皮爾整個人都趴在地上對著手機虔誠的說。

顯然在此刻，我的觀察和記錄受到了嚴重干擾。根據標準作業流程，我只好把瑕疵剔除滅掉，再另擇其他枝節來代替。

真的有點煩人。我按動幾個按鈕就把這裡的宇宙滅了。

我很抱歉把結局搞砸了。我就在腦子裡在建構個新的結局供讀者諸君們參考。

※　※

阿拉斯加的冬天異常的寒冷，就算是在城市裡的大街也少見人影。問天拖著疲憊的身軀抖索著在大雪中走動。他每天都喃喃自語，或嘮嘮叨叨的告訴路人，他拯救了世界，要是沒有他，地球早就完蛋。至少是這個平行宇宙裡的這個地球。當然沒有人認真的去相信他，一個邋邋遢遢瘋瘋癲癲的中年男人。都只當他是瘋子。今天他又發瘋，從收容所了跑了出來，在雪中拖著行動不便的左腿，繞著小鎮裡的公園踱步。收容所的義工幾次來勸他回去不要在雪地裡，他卻不聽勸告執意要待在戶外。

問天有預感今天他會出現。他是這樣相信著，也是這個信念支撐著他。

出現的不是他卻是她。穿著居委會上衣的中年婦人。她交給問天一支智慧型手機就離開了。留下問天獨自坐在公園裡的小凳子上發呆。

嘟嘟嘟。

「喂。問天嗎？」

是個冰冷女孩的聲音從手機裡傳出來。

問天沒有回答。

「我是麗莎。」

麗莎。你居然派麗莎來。問天垂下頭。

「我知道您在電話那頭。」

妳當然知道，妳們什麼都知道。

「很抱歉。這麼長的時間沒聯絡您。」

是啊。一轉眼就是二十年，我從烏敏島流落到異鄉都二十年了。我再也回不去我思念的故鄉。

「您的心情我能瞭解。請您務必保重。」

保重？我這二十年是怎麼過的？我顛沛流離，無瓦遮頭流落在外，只能靠救濟團體或打點零工來過活。我還能活著，還不夠保重！你到底要我幹嗎？

「這是我的主人臨走前留下給您的錄音，主人交代我二十年後再聯絡您，把這段錄音播給您聽。」

長久在心裡的所有疑問好像就要解開，問天完全不感到興奮，更缺乏興趣。或許是時間太久遠，二十年前的事好像已經成為人人傳頌的神話，變得那麼的不真實。任何解開謎團的解釋，好像都已經不再重要。

問天依然保持緘默。

「請您務必聽完。」

嘚嘚幾聲。一把男人的聲音從手機裡傳出來。

「問天您好。我知道您一定很懊惱我這麼長時間沒有給您任何音訊。我真的欠您一個交代。儘管我應該早就給您個解釋，我還是決定二十年後才解開所有謎團。二十年後，要是世界還存在，這卷錄影帶還沒銷毀，或許代表我成功的拯救了我們的世界。那這解釋才顯得有意義。」

男人背後有幾聲引擎啟動的聲響。

「我也快出發了，實在無法太詳細的向您解釋。我儘量簡短的說明。」

男人停頓幾秒才繼續說。

「長話短說。我利用您當餌引出林教授潛伏在你身邊的啟動員。他們自己並不知道身上被林教授用來啟動毀滅我的裝置。在烏敏島一役，我成功的毀滅了他們，一個也不留。我知道您對此很不諒解，不過希望您理解，世界的存亡在我們手裡。」

男人又頓了幾秒。

「我們所處的宇宙是千千萬萬個宇宙中的其中一個。一朵雲也是個宇宙，一朵花也是個宇宙。每個宇宙都有其誕生成長和毀滅。林教授來自比我們的宇宙久遠而先進的宇宙。他畢生都在尋求進入另外一個宇宙的方法。他不斷的嘗試，也不斷的失敗。在偶然的機緣，我們的宇宙在他放的屁裡誕生，他也居然成功的打開進入我們的宇宙的大門。我們的宇宙的一生就是他的屁的出現到毀滅的瞬間。我們這裡的一萬年也不過是他們那裡的幾分或幾秒。林教授進得來卻回不去，被困在我們的宇宙裡。他鄙視更痛恨我們的世界。終於他尋找到了回去的方法，並要毀滅這裡的一切以洩他心頭之恨。」

「唉。我現在啟程去林教授的宇宙。我得殺了他，才能阻止他繼續嘗試摧毀我們的世界。」

「荒謬！簡直太荒謬了！」

問天不可置信男人的解釋，頓時大喊大叫。

問天看看他四周世界裡的各種事物。這些都是他們的宇宙裡確實存在的嗎？

他是誰？

他是誰？

這裡是哪？

身體怎麼這麼臃腫？

我在哪？

鏡子裡的那人是誰？

牆上的日曆宣告今天是二〇一三年六月二十一日。

過了二十年？

為什麼我沒有任何印象？

時間不是有序的排列，日復日的照著既定的安排流逝。我怎麼會跨過二十年？

「爸爸！快起床了，要遲到了。」是個稚嫩女孩的聲音。

當我還正迷惑中，可怕的事發生了。

沒有經過大腦思考的程式，身體如擁有記憶般的作出了反應。嘴巴自然的開啟又閉，喉間震動發出話語。

「小曼，爸爸起床了，妳等等一會就好。」

手腳、臉部甚至於每個細胞都根據各自部位的記憶來作出相應的動作。大腦不需要給任何指令，給了也無用，身體完全不理，僅是不懈的運作。我如躲在暗角裡驚慌哭泣的小孩，看著臃腫腐朽的身體如機器人般的來回忙碌著。

「小曼乖，爸爸抱抱。」

「不要。爸爸臭臭。」

我的臉上……是我的臉。我很不願意這麼說，但那張肥嘟嘟的老臉是我的臉。露出尷尬卻充滿愛意的神情。

小曼是個七八歲左右的小女孩，一派天真無邪，穿了件花裙子，後腦勺綁來個大蝴蝶結。是任何人看了都想捏臉蛋一把的漂亮小孩。我真的從來沒見過小曼，是我的女兒這事更是無從說起。

這太瘋狂了！我心極度慌亂，我的臉上……是的我的臉上卻如此的淡定，好像一切都是如此平常不過。這怎麼可能！我失去了二十年的光陰！他怎麼可以這麼淡定！

是的我就叫他，他。

※　※

我實在無法把他跟我聯想在一起。我是個二十歲的青年，本來今天要跟女網友靈約會，還即將退伍，有大好的未來等著我。現在我卻困在這裡，我還能赴約嗎？尤其是已經過了二十年的約會，靈還會在那裡嗎？我會不會因無故缺勤而被軍方通緝？

不。這是個夢，他是科學怪人，不是我，肯定哪裡出了錯。閉上眼再睡，再醒來睜開眼一切將會回到原來的軌道。

不管我閉眼睜眼幾千幾萬次，沒有絲毫的改變，在經過了一天的否定後，我終於放棄了這一切都是夢的想法。我就是他，他就是我。我是個二十歲的青年，他是個四十歲的中年人。我本來準備好要去約會，也快要退伍要進入人生的下個階段，還有一堆的計畫和抱負等著我去實現。他是個平凡的上班族，每天早上就送女兒老婆才去上班，下班就回家吃飯睡覺。

我控制了大腦的思考，他卻像具不受控制的機械人，根據自身的記憶行動。當然我不是完全無法控制身體，當身體遇到沒有經歷過的事，身體查無記憶記錄在案，他就會僵著無法作出反應，這時候我就能藉由大腦來控制身體。可惜這樣狀況很罕見，他每天的生活作息幾乎是一成不變，沒有任何事是在預料之外。我也試著跟他溝通，他總是沉浸在每個細節裡，以達到每次執行都能一模一樣，簡直像有強迫症，完全不會受到我的干擾。

我能做的就是潛伏，並仔細的觀察四周的環境，詳細的收集資訊，等待機會跳躍，脫離圓規逃出去。

皇天不負苦心人，機會終於出現了。

那天公司大樓突然停電陷入黑暗，所有人們賴以工作的電腦都昏過去。身體無法應對突發的狀況而無法作出快速的反應，在他還沒有回過神前，我主動出擊奪取控制權。

走出去！跑出去！

我瘋狂的奔下樓，不理間中撞到多少人，引來多少怒罵，反正那不是我。不停的跑，往前跑，我要去見靈，我相信這一切會結束。

二十年了啊。街道建築都經歷了巨大的改變。還好我和靈的約會地點，百勝樓旁的麥當勞還在。我在潛伏期間，已經觀察瞭解從他的辦公樓去百勝樓的路徑。麥當勞在外和內都進行了翻修，百勝樓倒是在外觀上看不出有多大不同。就等這夢寐以求的機會馬上奔去約會的地點，可他的身體真的很不好用，臃腫的肌肉完全退化，才小跑段路就氣喘如牛，不得不停下來休息。心臟無法負荷幾乎快要停止，雙腿更是軟趴趴。

霎那間我感覺到胃酸在翻攪，我知道完蛋了。生理時鐘到了吃中飯的時候，身體的記憶再次啟動早就儲存的程式。他重新控制身體，快步走到每天光顧的雜菜飯攤位，一碟米飯加一樣肉兩樣素菜。日復日都一樣的攤位，從來不會質疑既定的選擇。

我的第一次逃亡正式宣告失敗。

※　※

日子就這樣一天一天的過去，我總是躲在附近觀察他的一舉一動還有四周的環境。每天都在盤算著各種計畫，期望能在下一次機會乍現時能逃亡成功。假設過在各種突發狀況還配合不同的地點。可悲的是他的生活是如此單調，連做愛都是根據既定的標準程式來完成。中間我嘗試給他製造麻煩，給他來個措手不及，借此讓他偏離軌道，在茫然間就是我控制身體的好機會。這事說起來容易，做起來卻很困難。

他跟老婆做愛都是既定好的，什麼時候做，怎麼進行，整個過程耗費多少時間，都像經過彩排般的精準。根據我的觀察，他每次跟老婆做愛都得在十分鐘內完成。我也是姑且試試。有次他跟老婆做愛到快射精的衝刺階段，我就在腦子裡想各種無聊和噁心的事。如用力思考用麥克斯韋方程（Maxwell Equations）來解，一根半米長和直徑十毫米的鐵線在通電後，所產生的電磁波輻射模式。他的身體產生的高潮正在試圖淹沒腦子，我這麼一鬧他可以算是在潮水裡掙扎，上也不是下更不對。最後我再祭出他工作上遇到的同事、老闆和客戶的嘴臉。這招馬上奏效，把在水面掙扎的他一錘擊沉下去。我成功阻擾他在十分鐘內完成射精，身體有點不知如何應付，我欲衝出去在那迷惘的空隙間介入奪取控制權。

「還不快點！我還要趕報告！」他的老婆一聲怒吼，他當場就軟掉。遺憾的是這也是他身體裡記錄的其中一個狀況。

「對不起。我看還是改天吧。」他抽出他那軟掉的傢伙愧疚的向他的老婆道歉。

接下來他就進入既定的的各種自動程式。

我絕對不會放棄。

他的生活太有規律了，好像誰給他按了程式，他簡直是台機械人。有時候機會來的很蹊蹺，就算是在公司裡做著枯燥的例行公事也會看到上帝打開的大門。他的女性同事跟他一起做兩筆帳目的比對。說實話他的女同事不是非常漂亮，但那天就穿得挺低胸，他居然多看了一眼，這不尋常的舉動並沒有逃過我的法眼。我趁他們兩人比較靠近時，在腦子裡不停得想各種情色的情景。

他們兩可能不經意的額頭碰在一起而激起情慾的火花。他們四目僅有數寸之隔的相望。她咬著下唇強忍雙腿間湧現的熱潮，他也感受到兩腿間不斷漲大加溫的傢伙。他們無法克制自己需要對方的慾望，緊緊的擁抱，四片熱唇互咬不放。此種程度的親熱完全無法滿足他們，他把她抱起來平放在辦公桌上，撕裂她的低胸上衣，把她的短裙褪到肚臍。女同事張開雙腿展示她濕潤的三角，極盡的擺出各種撩人的姿勢邀請他進入。還有好幾位身材火辣穿著大膽的美女，在旁伴舞還作出各種極度挑逗的動作。這當然是為了畫面更美好，也為了替他們助威。他們兩人沉溺在性愛的快感中。

我知道這樣突然在辦公室幹起來聽起來真的很扯，不過也只是幻想，誰理這麼多現實的侷限，重點是要引他產生不正常的反應。他果然勃起和感到唇乾舌燥，兩頰湧現紅潮，身體產生了衝動，尋找不到既定的反應而當機。我又看到了奪取控制權的契機。

要命的是這時他的手機居然響起，他也就轉入某個既定的自動無可阻止的程式。

我又做了白工，逃亡再次失敗。

※　　※

日子就這樣一天一天的過去，我大多時候都是渾渾噩噩。我有點認命從此就被困在這個衰老又臃腫的身體裡。更放棄不再試圖影響他，每天就只是放空，躲在一角有心無意的看著他的活動。

那句老話不是叫「山窮水盡疑無路，柳暗花明又一村」。奇蹟居然出現了。出現在一個炎熱的中午，他如常的去吃中飯，還是那一攤一樣的飯菜。吃飽後如常的走同一條路回去辦公室。他卻突然在路上僵著不動身體顯現各種陷入驚慌的跡象。我從他身後探頭出來才發現，迎面而來的中年婦人是他僵著的原因。婦人看到他也停下腳步，佇立在人行道上冷冷的瞪著他。因為最近我都在放空，一時沒有想到這是非常難得的奪取控制權的機會。

「給錢！」婦人瞪大圓眼怒斥道。

討錢的這麼兇惡？

打劫的這麼猖狂？

就算是過了二十年，新加坡的治安不至於墮落到此地步。

他垂下頭臉朝下身體在顫抖。

「不要裝死逃避，你要是死了更好。錢！」婦人說完就衝過來一把拉著他的手臂，拖著他去附近的提款機拿錢。

婦人拿到錢後還往他臉上吐了口唾液就揚長而去。

也太猖狂了吧。

他就整個人癱坐在街角暗處垂著頭不語。

我拿起電話撥通了公司的號碼。

「喂。小林啊，我下午有事，你幫我請半天假。嗯。好的。謝謝。」

我抬頭望著蔚藍的天空。啊，是個逃亡的好天氣。

※　　※

我還能去哪裡呢？
熟悉又陌生的世界
我還屬於這裡嗎？
一夜
閉眼再睜眼
一切都改變
憑著直覺和點點記憶
回到原來熟悉的地方

兒時的
龍型遊樂場
石灰滑梯
方框裡的米白粗沙粒

統統都被
嶄新、筆直、擁擠

高速公路，碾過
公寓拔地而起

找不到北
尋不到南

※　※

從中午胡亂到處走到了午後，還是毫無頭緒。他也逐漸越來越不安，嚷著該是時候回家了。為了阻止他再進入既定程式，我可是耗盡了精神，簡直把我累垮了。免不了要到百勝樓旁的麥當勞去找靈。當然結果是可以預知的撲了個空，要是靈在二十年後還在那裡等，那才真的有鬼。呆坐在麥當勞裡，搜遍了手機裡的電話簿還是找不到任何熟悉的名字。家人、朋友、同學或是軍中同袍都沒有出現在電話薄裡。裡面只有同事、工作上的合作夥伴或是客戶。他到底有沒有朋友？Does he even have a life？他到底有沒有人生？這個疑問在腦裡盤旋縈繞不去。

最後決定去百勝樓逛逛，總好過在麥當勞裡發呆。

百勝樓原名叫書城，在剛開張時遭到各界的批評諧音「輸城」，不少賭徒還揚言絕不踏入這倒楣的地方，業者從善如流的改名「百勝樓」。那裡曾經是本地最多書店聚集的地方，各路學生和文藝青年都喜歡來這裡逛逛。我逛了幾圈，像樣的書店沒幾家，只能說還有幾家文具店。

就在「青年書店」前見到了個擺了張桌子在那裡辦新書簽名會的作者。實話根本沒有人來，只有作者一人孤零零的在悶熱中打盹。我湊過去看到作者出的是本叫「志傳」的小說合集。作者見我湊來翻他的書，馬上打起精神咧開嘴露出微笑。

我向作者買了本小說集還要了簽名。作者當然是笑不攏嘴，只道謝說這是今天賣出的唯一一本書，不然今天大概要抱蛋了。囉嗦一頓後作者才甘願用很難看的字體寫下：

顧志君開券有益

署名：

南風

收下書我就到「青年書局」隔壁間叫「蘇格拉底貓」的文藝潮店看看。裡面都賣了些文藝氣息比較重的用品。看看挺有意思就是東西貴了點，不過沒關係，他皮包裡的錢倒不少。挑了好幾本筆記本和褐色皮製的鉛筆盒就離開。出了門才發現剛才那位擺攤的作者已經收攤離去。

渴了就到一樓的咖啡店喝點飲料。在茶水櫃檯點了杯美祿冰就四處環視尋找個清靜的角落。這時那個落魄的作者高舉雙手似乎在招我過去。我一直沒有機會跟任何人談話，或許這是個很好的機會。

「你也來喝茶啊。這邊坐，我也自己一人。」

「哦。好的謝謝。」說著我就坐在南風對面的空椅子。南風看起來挺和氣，兩鬢斑白，臉上有股憨傻的氣質。

「今天你真的是我唯一的顧客。」

「哦。你的書我還沒看。」

「呵呵……沒事你留著慢慢看。有兩百多頁，是我兩三年來陸陸續續寫的作品，有微型、短篇和一些不知如何歸類的文章。」南風說著臉上泛起紅光。

「這書名很有意思『志傳』剛好我也叫志，好像是我的自傳。」

「哦。還真巧。哈哈。這世上這麼巧的事居給我碰上，可以寫篇小說噢。」說著南風就拿出本小記事簿聚精會神的寫下幾句話。

「哦，抱歉。我一想起這些事就顧不上其他的了事。」南風急忙把最後一行寫完，再把記事簿收進褲袋裡。

「不會啦。我覺得作家就該這樣。」

「不是什麼鬼作家啦。新加坡有資格叫作家沒幾位。」

「你出了本書也該算了。」

「出了本書就叫自己作者，我還沒有如此恬不知恥。」

「哈哈。看來出書不容易啊。」

「要出書其實挺容易，現在印刷技術發達，也花不了多少錢。就是印了送也送不掉才是難事。」

「所以你就擺了個攤位賣書？」

「書家裡堆了不少，送也送不了幾本，還是得想辦法銷掉幾本，不然看了好心痛。」

「唉。煩人的事人人都有。」

我啜飲了幾口美祿冰就閉上眼再歎了口氣。

「看來你也有心煩的事？眉間緊鎖，看來好不鬱悶。」

「我的事……還是不說了。說了也沒人信。」

「說出來你會覺得好點，不妨說看看，寫作人沒什麼好處，就是願意聽別人說自己的故事。」

我頓了頓猶豫於要不要跟這位剛認識的陌生人說出我的秘密。想想也沒差，頂多當我是瘋子。

「我說了你不要笑。」

「不會。」

「我今年僅二十歲。」

南風蹙眉眼裡閃爍。

「恕我直言，還是要注重保養。」

「我在一九九三年夜晚睡下，本來隔天要跟網上認識的女孩靈見面。誰知一覺醒來就發現自己被困在這軀體裡，時間也過了二十年。」

南風兩撇本來挺開的眉這會也湊在一起，臉上浮現疑惑的表情。

「我就知道沒人會相信我。」我說完就垂下頭用吸管喝杯裡被冰塊稀釋了的美祿冰。

「不是啦。我只是需要時間思考。那現在是二十歲的你，還是四十歲的你在說話？」

「現在是二十歲的我。」

※　※

搭計程車到家門口已經過了晚飯時間。公寓家家戶戶的窗口都透出燈火。跟南風在咖啡店詳細的述說我的遭遇，雖然最後他也幫不了我，至少說了出來後感覺比較舒服。一直這樣憋著，無法跟任何人交流，活像是單獨被關在牢房裡，遲早會被逼瘋。我聽了他的勸告先回家不要到處亂跑。

回到所謂的家，雖然在這裡跟他住了一陣，還是沒有家的歸屬感。家裡的所有的人事物陌生冰冷，連最親近他的女兒小曼和他的老婆都完全毫無記憶。當小曼責問我為何這麼晚回家，我只能苦笑不語。在小曼再三逼問下只能支支吾吾用加班之類藉口來推搪。他的老婆更是懶得理我，丟下一句「時不時就發點神經搞出些醜事，看到時候我怎麼收拾你。」看都不看我一眼就要帶著女兒入房。小曼要我給他抱抱才願意回房。我是要張開雙臂來個大熊抱？還是擁著小曼的肩膀親吻額頭？慌亂中我就僵在那兒。我彷彿看到他在一般竊笑我的愚蠢。他的老婆鐵青著臉強拉小曼入房，留下我一人在客廳發呆。

我走入書房攤坐在椅子上，望著天花板的吊燈。我到底在哪裡？我是跨越了時空？還是單純的失憶？還是遇上時空的亂流？

我試圖在書架上尋找我喜歡的書籍。閱讀從來是我最大的嗜好。書架上沒有《紅樓夢》、《三國演繹》、《古文觀止》、《魯迅選集》、《大亨小傳》等等。嚴格來說書架上沒有一本我會喜歡的書。沒有小說、散文或詩集。只有些工具書或是旅遊雜誌。

空虛啊。我怎麼找不到任何有感的事物？一切都如此陌生。

仔細的搜索終於在書架最高那層不顯眼的角落找到本《徐志摩詩集》。不是非常喜歡他，太鴛鴦舞蝶派，我喜歡的是比較大開大放的激情，不過終歸是本詩集。泛黃的紙張看起來也經過了些歲月的磨難。翻開書本在頁間找到了個書籤。是個一面用水彩繪的粉色清雅的茉莉花。背面是手寫秀氣的藍色原子筆字跡。

贈志君，

低頭向暗壁
千喚不一回
十五始展眉
願同塵與灰。

一九九三年十二月十二日 靈

身體完全不受控制的顫抖，淚如突找到缺口的洪水氾濫了整片臉頰。我終於找到樣我感到熟悉和產生共鳴的物品。書籤顯然是靈送給我的，後面的題字應該是出自李白的《長干行》。筆劃間的轉折，藍色墨汁滲漫成稍微模糊的字跡，在在加強了字裡行間欲傳達的濃郁情意。書籤和上面的文字好像穿越時空，帶給我些許存在感。

※　※

辦公室窗外煙霧彌漫，連最靠近的一座高樓也看起來濛濛，幾乎下秒鐘就要消失在濃霧裡。我雙腿縮靠在胸前躲在辦公桌下。他憑著身體的記憶正在應付著繁忙的公事。我對這些事完全一竅不通，要是我繼續控制身體，大概會淪落到家破人亡，到時候我還有什麼能力尋找真相？看來只有把身體的控制權交還給他。

愛上一個不回家的人　等待一扇不開啟的門
善變的眼神　緊閉的雙唇　何必再去苦苦強求　苦苦追問

他的手機鈴聲響起。

「喂，哪位？」

手機那頭傳來沉默。

「喂？是哪位？」

還是沉默。

他掛上電話繼續忙。

愛上一個不回家的人　等待一扇不開啟的門

「喂，哪位？」

「你這個混帳，他媽的！」從電話那頭傳來，接著是連續的，「嗶嗶嗶嗶……嗶嗶嗶嗶……」

他對著突如其來的污言穢語完全無招架之力，當即陷入僵硬無法反應的狀況。

「喂，是我，嗯，老地方見。」

我掛上電話就立刻找了個理由向主管請半天假。

走出外面我忍不住要深呼吸，可帶著焦味的空氣提醒著我還是克制點好。

我在街邊招了輛計程車出發往約定的老地方。

※　※

天空灰灰的，空氣間罩著股煙霧，據說所謂的空氣污染指數ＰＳＩ已經突破四百。街上有些人已經戴起口罩，有些人捂著鼻嘴露出不耐的表情。是印尼蘇門答臘燒芭所造成的煙霧。記得地理課裡好像看過地圖上的蘇門答臘，只記得是片好大的土地，離新加坡不能說太遠卻也絕不靠近。

到達百勝樓旁的麥當勞時，南風已經坐在靠近大窗戶的位子啜飲咖啡，正出神的看著窗外的景象。

「抱歉。讓你久等了。」

「還好。我也是剛到不久。」

「還是抱歉。害你得沖口而出這麼多污言穢語。」

「我可是鼓起來多大的勇氣，本來想想還是算了，後來還是決定幫你。」

我們兩人就在麥當勞裡聊了一個小時。主要是我傾訴我內心的苦悶和困惑，南風全程都低著頭靜靜的聆聽。

「唉。還能怎樣？只好暫時這樣。」

南風點點微笑。

「好吧。我得走了。還得去銀行辦點事。」

說完南風就站來跟我道別。

麥當勞裡這時已經有三三兩兩成群的顧客在用餐聊天，一人的我更顯得孤單落寞。

轉頭就注意到我旁桌坐了個年輕的女孩，烏黑的長髮過肩直流到腰際，在昏黃燈光下顯得耀眼奪目。女孩穿了件白色無袖上衣，超短的窄迷你裙，完全顯露修長勻稱的雙腿。我看得有點發傻，尤其是女孩散發了種吸引我的氣質。女孩似乎留意到我的呆樣，卻不害羞僅微抬頭用眼角偷瞄我，然後低下頭咬著食指似乎若有所思。女孩突然轉身似乎在收拾擱在一旁的包包，僅留下清瘦的背影朝著我。女孩上衣背面印有個二維條碼，下面印了行小字「請掃描我」。這大概是現在年輕人流行的摩登吧。我還是心動的拿起手機用了二維條碼掃描應用軟體來掃描她的條碼。

「我叫小茜，想認識我就撥電話8××××××。」是掃描的結果。我有點愣著，是真是假？

女孩收拾好包就站起來走下樓離開。

我按捺不住好奇，試著撥通電話號碼。

通了。

「喂。」

「小茜？」

「嗯。」

「我剛才坐在你旁邊。冒昧打電話給妳。」

「沒問題。」

「嗯。啊。你走了啊？」

「我在麥當勞外等你。」

「真的。」我激動得差點大聲叫喊。

「呵呵。不要激動。我等你。」

「哦。我就來！」

※　※

煙霧彌漫的夜晚路上行人稀少。克拉碼頭（Clark Quay）的夜店「上海娃娃」如常的擠滿了沉醉在酒色、絢麗的霓虹燈和電子舞曲的瘋狂的不歸人。我和小茜好不容易在吧台找到個足以放下我們的一瓶色酒、玻璃杯、盛滿開水的玻璃瓶子和一桶冰塊的方寸之地。小茜隨著狂放的舞曲搖擺身軀。我不太會跳舞，更不要說操控這臃腫的身體跳舞，只能意思意思的陪小茜搖搖屁股。

小茜把臉蛋貼在我的臉頰，我嗅到從她口裡吐出的酒氣。

「我們來玩個遊戲好嗎？」小茜興奮的在我耳邊叫嚷。

「好啊。」

「我們來玩Role Play（角色扮演）！」

「醫生和護士？還是老師學生？」

我雙手環抱小茜，她發育完好軟軟的胸脯緊貼著我的胸口。

「都不好。扮演父女，我們來當對亂倫父女！哈哈」

我愣著面露難色。扮演父女，還是亂倫的有點超過我能接受的範圍。

「不要擔心啦，不過是角色扮演。」

想想也是就點點頭。

「好女兒。」說完就抓了她的臀部一把。

「嗯嗯。爸爸真壞，摸得人家好興奮就停了。」小茜嘛著嘴嗲嗲的撒嬌。

感覺還不壞。

在我們開始角色扮演父女後，小茜異常的激動。在叫了幾聲爸爸後就撲過來在我臉上亂親，手還往我褲襠那裡抓。我也跟著小茜的暗示滿足她的需求，最終目標就是要得到更多更大的感官刺激。小茜沒有讓我失望。我們從親嘴到任何大庭廣眾能做的親熱動作都做了。

一瓶酒都喝光了，小茜顯出了醉意，頭趴在我的肩膀喃喃的說著話。

「爸爸。我好想你。真的好想好想。媽媽不讓我知道你在哪。連你的照片也沒有。媽媽整天詛咒你，說懷上我後你就遺棄我們母女。她以為我不知道。是她趕走你的。她自己傻傻糊裡糊塗，到底哪天發生關係都記不清就亂說，差點害到爸爸你被告跟未成年少女發生性關係。還好爸爸你找到酒店開的收據，才證明你們發生關係時她剛過了十六歲生日。她自己搞不清狀況，把爸爸你害慘了，要是遇到這種女人我也跑。

爸爸你不在身邊陪我長大，我好難過，好寂寞。看到其她女孩有爸爸把她們捧在手心如小公主。他們個個都沒有我漂亮，憑什麼當小公主。我每天都幻想要是爸爸你能在我身邊，肯定也會疼我，把我捧在手心。

爸爸你肯定很瀟灑又聰明。我怎麼知道？我當然知道了。媽媽罵歸罵還是留下爸爸你寫的詩。能寫那麼好的詩，肯定非常有內涵。

爸爸你不要再離開我。我是爸爸的小公主。」

說完小茜的臉貼著我的肩膀痛哭，強烈的音樂掩蓋了泣聲，除了她微微顫抖的身軀，大概沒有人會發現她正在哭泣。

「傻瓜。妳當然是爸爸永遠的公主。」我也應景的在她耳邊輕聲安慰。

小茜收住哭聲，抬起佈滿淚水的小臉蛋癡癡的望著我。我拿出紙巾輕輕的擦乾小茜臉上的淚水，用手輕撥小茜髮梢幫她整理有點凌亂的頭髮。

「我的小公主哭得臉花了，看得爸爸好心疼。」

笑容再次如在陽光下肆意綻放的向日葵開在小茜的臉上。

※　※

小茜帶我回去位於住宅區的四方式組屋。小茜剝光我的衣服，再褪去自己的衣服，驕傲的向我展示發育完美的少女胴體。我沒有跟女孩親熱的經驗，除了勃起就只會乾瞪眼的看著充滿年輕朝氣的肉體。小茜引導我觸摸她身上各個敏感部位，她隨著每個觸動痙攣尖叫。小茜小心的摩挲著我異常堅硬的陰莖，好像在玩賞某件寶貝。他有點抗拒，似乎要逃離，我現在主宰了身體，我不願意這一切停止下來。我一面吮吸小茜粉嫩的乳頭，兼享受小茜手指對我的陰莖的愛撫。我要帶小茜逃離那個陌生的所謂的家。至少我和小茜都是年輕人，在思想上肯定會比較接近。我該不該對小茜坦白我的狀況？不管了。還是先享受此刻的快感，其他事等他媽的射完再想。

「砰！」

門口的大門突然被大力的甩開。

「妳個賤女包，又帶男人回家！連隔壁的大嬸都在偷笑。你知不知道羞恥。」女人的聲音在小茜的房間門口咆哮。

小茜蹙眉顯得非常苦惱。

「沒事。你在房裡等我。很快就解決她。」小茜俯下身親親了我的陰莖然後輕聲安慰它。

小茜下床簡單披了件單衣，打開門就用身軀擋著房門。

「妳沒事這麼早回來幹嘛？又要錢去賭？這裡有幾百塊錢，不要打擾我。」

「錢！錢！妳還要不要臉！」

「我要不要臉也不關妳的事，妳不就要錢。」

「我不要妳用這種骯髒錢。為什麼你就是不聽話，整天勾搭老男人！」

「隨便你怎麼說。錢拿去滾一邊。」

女人突然把小茜推倒衝入房間裡。

是那天向他討錢的中年婦人。

婦人看到我時臉上的表情變化之快堪比四川變臉。從原本的憤怒，瞬間僵化成驚訝，融化為悲戚，最終只能用手掌捂著臉整個人蹲下崩潰放聲大哭。

「妳發什麼神經？」小茜站起來對著中年婦人罵。

我現在是赤裸著，猶豫著要不要撿起被來蓋著身體。

婦人突然站起盯著我狂笑。

「造孽啊！」

婦人突然撲上我，掐著我的脖子不放。

小茜急忙趕上來把婦人拉開。我就在床上咳嗽不止。

「媽。你幹嘛！」

「你這個賤男人，搞大我肚子不負責任就跑了。現在連你的親生女兒也要搞！」

「靈我不是故意的？」他突然脫口而出。

「你別裝傻不認識我！」靈說著又撲上來要掐我。這次我有準備，急忙跳下床避開。

我腦子裡沒有別的念頭，除了跑，還是快跑。我不理會靈的咒罵和小茜的哭泣，我一股腦兒的往外跑，哪裡有路就往哪裡跑。這樣不停的跑，好像四周除了路，其他的都消失。

奔向一座就要消失在煙霧裡的大樓。空氣裡的浮游物體刺激著我的鼻腔和喉嚨，呼吸極度不順暢。朦朧的大樓的輪廓顯得模糊不清，似在那裡又似幻影。他的身影浮現在灰灰的空氣裡，嘴唇開張又閉上。

「快披上衣服。不要怕。我打電話給老婆了。一切都會過去。」

我披上他給我的衣服，直徑倒下閉上眼。

醒來時我已經被他的老婆扛在肩上在煙霧裡行走。

我們來到了遙遠的樹林，還是躲不開從蘇門答臘吹來的煙霧。他的老婆在雜草叢生的林間徒手開出一條小路。幾經尋覓終於在濃密的草叢裡找到了支插在大樹下的長方形木匾。歲月的刻度腐朽了木匾，也磨去了上面的字體。他的老婆把我放下後，就走到木匾後的小土堆上，瘋狂的徒手在土堆上挖出個大略一點九三米長、六十公分寬、二十一公分深的長方形洞。

當我躺在洞裡時，有種說不出的安全感，就算沙石不斷的從湧入漸把我掩蓋，還是無比的舒適，好像這裡本來就是我的家。眼皮說不出來的沉重，大腦也關機不再思考，就這樣的睡下。

※ ※

那是個如平常的晚上，天空無雲，幾顆可見的星星閃耀。風是熱烘烘宛如是從吹風筒裡出來的熱氣，空氣裡的濕度更是破表。全身都黏黏的難受死的要命。縱然如此還是得早點入眠，明天得早起來準備出門。第一次跟靈約會不能遲到，要去哪吃什麼都已經想好安排好，絕不能在細節上出錯。還在苦惱該不該戴頂帽子，總覺得頂著小平頭很難看，好像不成熟的感覺，畢竟她任何時候都能保持淑女該有的優雅。明天吃飯的時候得小口咀嚼，不能像平時那樣大口吞食，會給人餓死鬼的印象。明天要穿的上衣和褲子也已經燙好掛在窗邊，鞋子也上了油擦個黑亮，沒準還能當鏡子用。

翻來覆去的還是睡不著，心撲通撲通的撞擊胸口，加速血液循環產生更多熱量，本來天氣就熱，現在更是額頭和背脊都冒出汗水。乾脆起床穿過客廳到廚房裡倒杯涼水來喝。狹小漆黑的客廳裡只放了一個三人座的沙發、電視機和小咖啡桌就幾乎被佔滿了。

回到房間裡檢查上衣和褲子燙得平直。得早點睡啊，不然明天會看起來很疲倦。噢。是今天了，桌上的鬧鐘顯示已經過了午夜十二點。西元一九九三年六月二十一日，我大概會永遠記得這重要的一天。還是躺下來閉上眼，努力的給自己催眠。閉上眼腦子就浮現我幻想中靈的身影，還有所有關於她我所知的事。我們第一次認識。在網上IRC聊天室裡認識，談得非常融洽。她說她自己18，F，160，49。這都是網上聊天約定俗成的不成文的自我介紹。那幾個數位字母代表這人十八歲，女，高度一百六十公分，體重四十九公斤。

連最傳統而被證實無效的數綿羊都用上，雙眼還是睜大毫無睡意。沒辦法只能再起床穿過客廳打開大門出去。午夜的組屋區如常的寧靜，偶爾會有幾聲嬰孩或小孩的哭鬧聲打破靜寂。萬籟俱息的時辰在街上散步，還真有點不正常。無奈無法入睡還不如出來想點事。還有幾個月就要退伍了。兩年半的服役有失也有得，失去的是最寶貴的青春時光，經歷了些事，人也變得比較成熟。接下來？應該要等A水準放榜就去申請大學入學，雖然在理工學院的成績算上是優越，但還是難免忐忑不安，理工學院畢業生要進入本地大學本來就不容易。先找份工作賺點錢，口袋裡空空還真不行。不都說少年強說愁嗎？可這些問題都擺在眼前，海市蜃樓般在眼前，卻怎麼也到不了觸不到。

沒有什麼太大的自願，很一般新加坡人的願望。讀好書畢業找份好工作，找女朋友、買房、買車、結婚生子、照顧孫子，然後死去。好像也沒有任何其他的路可走，人人都往這條路上擠。運氣好的擠上了就能完成新加坡夢，不然就流落到邊緣。常想自己真的要走這條路嗎？難道小島就容不下任何的夢想，卑微可稍微有點瘋狂的夢想。沒有。小島沒有能容下任何夢想，僅能在同條路上前進直到老朽死去。

※　※

他是誰？

這裡是哪？

身體怎麼這麼臃腫？

我在哪？

鏡子裡的那人是誰？

牆上的日曆宣告今天是二零一五年六月二十一日。

過了二十二年？

為什麼我沒有任何印象？

時間不是有序的排列，日復日的照著既定的安排流逝。我怎麼會跨過二十二年？

2050女傭不見了

早晨的空氣異常的陰涼。志身穿著校服雙臂交叉在胸前，在組屋旁的有蓋走道等待。他每天都在這裡等待。他總是滿懷期待的看到花戴著五彩的髮夾，還有她朝陽般的微笑。只要花一出現，志就緊張得屏住呼吸，僅敢用眼角偷瞄，卻裝出一副不在意的樣子。他有時會太緊張，會不自禁的吹起口哨，來緩和緊繃的神經。

天空飄著細雨，不時響起雷聲，再配上不時閃現的電光。志查看他戴的舊石英表，都過了七點半，花還沒有出現。通常在這個時候，志已經不近不遠地跟在花和女傭的背面。他像個背後靈，靜靜地跟在後頭，默默地守候。他們一前一後，融入帶著女傭趕著上班上學的人群裡。今天只有志獨孤地佇立在有蓋行人道，四周居然空無一人。

再等下去志也要遲到了。他自認不是什麼好學生，就算遲到也無所謂，但他討厭像個傻子般被罰站在學校門口。他不想站在門口忍受一雙雙看著他的不屑眼神。他成績本來就不好，老師和校長都對他頗有意見，見到他總是露出副不耐煩的樣子。校長和班主任還特地找他談過關於他的特殊情況。其實就是要志考慮退學或轉校，免得拖累學校整體的會考成績。

當志來到花家門口時，他真的有點傻眼。他本來只想在花家的挑廊徘徊或看看，能瞄到花一眼也算是大幸。他卻看到花隔著扇鐵門坐在門口上癡癡地看著挑廊的地板。花看到志時，臉上馬上亮了起來，如尋獲救星般、用殷切的眼神盯著志。

「快救救我！」

志呆呆的看著不斷重複著同一句話的花，一時回不過神來。

花懇切的求救得不到志的任何回應。志的呆樣更激怒了花。

「還發什麼呆！快來救我！」

花的怒吼把志從雲霧裡催醒。

「救妳？」

「是啊。」

「你怎麼了？」

「我的女傭不見了！」

「那你可以自己開門出來啊。」

「我不知道鑰匙在哪。這些是女傭做的事。」

志聽了有點傻眼。他沒想到他心目中的女神，連開個門也得假手於人。

「一般都習慣掛串鑰匙在大門後備用。你找找看。」

花不情願的站了起來，伸手入門後探索。

「是這個嗎？」

花說著把手掌攤開，向志展示掌上的鑰匙。志看也不看就拿過去試看能不能打開鐵門。

「好像都不行。還有嗎？」

花撇嘴蹙眉，又伸手往門後。

「只剩這串了。」

志從花手中接過鑰匙就開始試，嘴裡喃喃自語，「再不行就得把鐵門砸爛了。」

※　　※

雨已經漸漸停歇，只有殘留的雨點在空中飄零。

廚房裡的熱水壺飄著白色的蒸汽，給淒冷的早晨增添了幾許溫馨。花在廚房裡狼吞虎嚥的吃著塗上奶油的麵包。

「妳餓了怎麼不先吃點麵包？」

花吃得太快有點嗾著，急忙喝點熱牛奶緩一下。
「平常都是女傭做的。我媽從來不讓我做這些事。」
「公主病。」
「要是我自己塗麵包，我爸媽會不高興。」
「真好命。不過話說回來，妳家女傭跑哪了？」
「我怎麼知道。我爸媽出門上班時，我還和女傭到門口跟爸媽說拜拜。我上個廁所出來就發現女傭不見了。」
志也常想像要是他有個女傭會怎麼樣。他從來沒有女傭，所以無法想像，至少應該不需要做洗碗之類的家務事。騰出來的時間能用來多讀點書，他的成績就不至於年年吊車尾。
「下次不要塗這麼厚的奶油。」花嘟著嘴一面吃一面埋怨。
還有下一次？志想這小丫頭還真把他當傭人來使喚。不過說也奇怪，志並不覺得氣憤。反而為花用「下次」，而暗自感到竊喜。
花吃得太急而噎著，不住的咳嗽喘氣，把兩腮染得嫣紅。
「吃慢點。又沒有人跟你搶。」
「你吃飽了，當然說風涼話。我從小到大從來沒餓過。」花說著覺得委屈，臉頰流下兩行淚。

「有什麼好哭的，不就餓了一會。我就常挨餓。」

「你家女傭也不見了？」花眨眨溢滿淚水的大眼睛。

志有點迷失在花水汪汪的雙眸裡。他對男女之事還不完全懂，只是覺得心裡揪著揪著。

「從來就沒有女傭好不好！」志用不耐煩的語氣來掩飾他的慌亂。

「還有人沒有女傭？」

「誰說非得要有女傭的？」

「我媽常說沒有女傭日子沒法過。」

志漲紅了臉，為自己沒有女傭感到羞愧，但嘴上還是不認輸。

「屁。沒女傭我還不是過得好好的。」

「誰做家務啊？」

志一時語塞眼眶泛紅，但很快就察覺自己的狀況不對。他深深吸入口氣，然後大聲的回答。

「全家人一做起啊。」

「你也會做家務？」

「當然。」

「可憐。你該叫你媽請個女傭。」

志羞愧得想要挖個地洞逃出去。「不需要啦。家裡多個外人多麻煩。」

「拿張紙巾給我。」

「林純花！妳真把我當女傭啊！自己去拿！」

志心裡呼喊，這根本是狗眼看人低！我沒有女傭，但還不至於需要在這裡聽妳呼來喚去。

「我不知道紙巾在哪。」

「自己去找。」說完志氣憤地轉過頭不理花。

花那張修飾得接近完美的臉蛋沾了些許奶油。她一臉無助的坐在那兒流眼淚。志實在於心不忍。

「好啦愛哭鬼，不要哭了。我幫你找就是了。」

※　　※

窗外飄著細雨，冷風把窗簾都蕩了起來。

「媽……媽……」

花用手機跟她的母親通話到一半就斷訊，急得她哇哇大叫。

「妳媽怎麼說？」

「嗚嗚……嗚嗚……」

「妳不要只顧著哭。好好說話。」

花斷斷續續地抽泣。志遞上紙巾給花擦眼淚。

「好了，別哭。」

「我媽說不知怎麼了，女傭都不見了。現在外面很亂，要我待在家裡不要亂跑。嗚嗚……」

「還有什麼？」

「然後就斷線了。」

一股莫名的寒意從志心裡向四肢蔓延，幾乎要把他凍結。

「我該怎麼辦啊？嗚嗚。」

花的哭聲融化了志，給了他必須堅強的理由。

「沒事的啦。我們就儘管待在這裡，大人會解決問題。我們不需要擔心的。」

真的嗎？志說時都覺得心虛，他是咬著牙一字一字的吐出來。花大概沒聽出什麼玄機，心裡覺得比較踏實，也漸漸的收乾了眼淚。

兩人這時突陷入沉默的尷尬。說到底他們兩人並不熟悉，只能算是點頭之交。

「你家真的沒有女傭？」花首先打破了僵局。

「沒有。」志黑著臉說。

「一個都沒有？」

「半個都沒有」

「現在可是二〇五〇年，沒有人沒女傭的。那你以後當兵怎麼辦？」

沉默。志現在唯一能做的就是沉默。

「我爸常說自己在國民服役時沒有女傭而吃盡苦頭。他發誓絕對不會讓他的寶貝女兒，也就是我，受一點苦。」

「所以你連給自己做個簡單的早餐也不會，就等著餓死。」

「你儘管笑我。反正我是女孩不用當兵，到時候就有得你受了。」

「沒有就沒有，沒什麼了不起的。」

「我爸爸說現在軍人的基本裝備的設計都是把女傭的承受能力考慮在內。

那些健壯的女傭能要求較高的薪資。」

「狗屁軍隊。這樣還能打仗？」

「笨豬。你不看報啊？那至少也看看電視新聞。是為了對應越來越少的入伍青年，維持戰鬥力的策略。一個軍人一個女傭，軍隊的戰鬥能力就加倍。」

「要是跟女傭的國家開戰怎麼辦？」

「誰想這麼遠啊？大家不是都希望自己服役時舒服點。」

「我不需要！」

這時從屋外傳來陣陣的嬰兒啼哭聲。兩人面面相覷，有點不知所措。

※　※

「好像從隔壁傳來的。我們去看看。」

「不要。媽媽要我待在家裡不要亂跑。」

「哭了這麼久，不知道發生什麼事。我們應該去看看。」

「不關我事。」

「你怎麼這麼冷漠！」

「我媽常告訴我不要多管閒事，只需要把書念好，考試得高分就夠了。」

「那你自己留在這裡好了。」志說完就向門口走去。

突然傳來一聲輕聲的悶鼓聲，好像有什麼突然被關上。四周突然靜了下來，夜幕降臨，而萬物沉浸在酣睡裡。花家裡唯一還開著的電燈也驟然滅掉了。平常不太留意的電冰箱細微馬達聲也消失。花被突來的變化嚇壞，急忙跟上還沒走遠的志。她的兩個小手掌立刻緊緊的抓著志的左手臂。

「喂，妳抓我這麼緊。會痛的。」

「停電了，好安靜，好可怕。」

「妳不是說要留在家裡？」

「不要。」

他們扭扭捏捏地來到隔壁家的大門前。大門向內敞開，鐵門半開，門前有包裝滿的垃圾袋。房裡傳來斷斷續續嬰孩的啼哭聲。

「有人在家嗎？」志向屋內投入的問話如落入深井裡，聽不到任何回應。

「有人在嗎？」還是沒有任何回應。只有風穿過狹窄通道發出的「喔喔」聲。花更用力的抓著志的手臂。志吃痛不高興地回頭瞪了花一眼。

突然他們背後一陣亮光閃現又消失，接著就輪到巨大的雷聲響徹。花閉上眼縮著頭，死命地抓著志的手臂尖聲驚叫。花尖叫和用力的抓著志的手臂。

雷聲過去僅剩風、雨和嬰孩哭聲，還有花的啜泣。

「妳神經病啊。叫這麼大聲。還抓這麼緊，疼死我了，快鬆手。」

「我怕啊。你自己也叫這麼大聲。」

「我是被妳抓疼了。」

花緊張的情緒稍微緩和，放鬆了志的手臂，但還是抓著不放。志把鐵門推開跨步進門，伸長頸項往屋內探看。屋內空無一人，只有嬰孩的啼哭在空氣裡盤旋不去。

「有人在家嗎？」志提高音量以確定屋內是否有人。

還是沒有人回答。志輕手輕腳進入屋內。花膽怯不敢進去，拖著志不讓他進去。志完全不理會，花又怕自己一人落單，只好繼續抓著志的手臂跟在後頭。

※　※

志拖著花在屋內走了一遍也不見任何人的蹤影。在看似主人房的房間裡找到了在嬰兒床裡啼哭得臉都漲紅的小傢伙。

「別一直拉著我。嬰孩大概餓了，妳快去泡奶給他喝。」

「我？」花瞪大眼看著志。

「不然這裡還有誰？」

「我不會。」

花原本就無法自理，所以更不可能會泡奶。志搖搖頭歎了口氣。

「好啦。妳在這裡看著，我去泡奶。」

志在廚房裡找到了奶瓶還有奶粉。熱水壺裡也還有熱騰騰的熱水。就在志忙著泡奶時，花從房間裡出來看志泡奶。

「你還真行，連泡奶都會。」

「我不像妳這麼好命，什麼都不需要做。」

「會泡奶很了不起嗎？我以後要是有小孩也是叫女傭泡。」

「是啦。知道妳家有錢。」志有點不屑的看著花。

「對了。你怎麼會泡奶啊？」

「我喜歡泡給自己喝，行不？」

花聽到志的氣話反倒笑了起來。

※　※

天空下著毛毛細雨，不撐傘也不礙事的那種。平時繁忙的公路現在居然空無一車一人。沿路有排列整齊的雨樹，幾乎每片葉子都累積了一定量的雨水。

偶爾某顆大樹的某片葉子，承受不了所累積的水而傾下。有時候也只是單純的被風吹落。水滴落在路面積水處上化作漣漪，但要是打在衣服上，就能形成淡淡的暈染。

志和花兩人默默地沿著公路在雨中走著。志手裡抱著在沉睡的嬰孩，費力背著裝滿的袋子。他們不知道走了多遠，也不知道要走到何處何時。可是此時除了繼續走，他們就沒有別的主意，深怕停下來就會陷入恐慌無措。

空氣中洋溢著在城市裡難以嗅到的清新。可能是因為沒有汽車排放廢氣，也可能是下過雨把空氣清洗一遍，又或者是兩者同時產生的作用。他們當然不是出來享受難得的寧靜和清新。他們本來要留在家裡等待，可是他們等了好幾個小時，也盼不到任何人的出現。也許是因為停電，手機和室內電話全無訊號。電視和電臺斷訊，網路也完全癱瘓。志本來要花和嬰孩留在屋內，由他單獨出去查看。花不敢單獨留下，堅持要跟著志。他們商議後決定先到附近的鄰里警崗尋求援助。他們帶上嬰孩還有些食物一起出去。

鄰里警崗外集結了許多前來求助的人。他們圍著警崗的淡藍色玻璃牆，眼裡都充滿了期待。警崗的玻璃門被結實的鎖上。淡藍色玻璃牆後有個接待櫃檯，平常有值班警員接待前來求助的民眾。現在，櫃檯空空蕩蕩，只有電腦螢幕的接待。

圍著警崗的民眾開始失去耐心，有人按捺不住性子，開始敲打玻璃牆還大聲狂叫。其他人如得到暗示般，也跟著躁動起來跟著叫喊，場面混亂、失去控制。有位女孩發出淒涼的尖叫，然後不停的用頭撞擊玻璃牆。

嬰孩被突如其來的吵雜聲和變化嚇壞，不停啼哭。志只好快步離開鄰里警崗，也沒有具體要往哪，就是要遠離這吵鬧和危險。不知覺的就來到了這條公路的走道上。花很勉強地跟上志。她從小有女傭照顧，父母又寵愛，從來就不需要拿什麼重物。這回背個袋子，還要跟上志的步伐，她越想越委屈，眼淚就止不住地流下。

他們兩人一前一後的走在路上。花的抽泣聲困擾著志。他又找不到適當的話語來安慰她，心裡亂成一團，他們又不知道接下來該怎麼辦。他有點後悔出來，應該待在原來的地方。待在那裡也是心亂如麻，也是急躁得不行。

他突然停下來若有所思地，花低著頭跟在後面，糊裡糊塗的撞上志。他仰頭望著在樹上搖動的枝葉。這條路不正是去學校的必經之路嗎？不如回學校吧。至少能向老師求助。嬰孩可以交給他們處理。他和花又可以恢復被照顧的身份，就等著大人做決定，他們只需要在一旁休息。

「我們回學校吧。」志回頭微笑，對著正在輕揉額頭的花說。

花原本皺成一團的小臉蛋，頓時如盛開的花朵般燦爛。臉上的淚水霎時看起來像早晨鮮花上的露珠，在陽光照耀下從裡面閃耀出七色的光芒。

※　　※

幾位志和花熟悉的老師坐在學校大門口抽泣，顯然是場哭鬧後的平靜。地上散落著包包、袋子、個人用品、化妝品、電子產品等物件。志的班主任林老師上衣看起來是被扯破的，隱約看到她紅色內衣的蕾絲邊。不過林老師比較在意她的臉，用手輕按著有點像是被人抓傷的紅腫痕跡。林老師懷著恨意瞅著坐在她對面不遠處教數學的李老師。李老師臉上也有被指甲抓出了的兩三道細細的血痕。

「林老師，發生什麼事了？」志問林老師。

「我的女傭不見了。在校門口突然就不見了！」

「林老師，我家的女傭也不見了。」花帶著哀怨的語氣搶著接話。

「我的女傭也突然不見了。還遇到這個神經病把我抓傷了。」李老師在一旁氣呼呼的說。

「你是不是男人？對女孩動手！」

「去照照鏡子，還女孩女孩的。」

「你這個混帳！」林老師欲站來罵，卻因腰疼而作罷，繼續坐在地上啜泣。

「林老師。我們找到這個嬰孩。該怎麼辦？」花急著問，期望能交給老師，自己可以撒手不管。

「我不知道！」林老師大吼。然後學校門口陷入尷尬的沉默。所有在場的人都沉淪在自己失去女傭的不幸中，無法管其他任何事。

「才走開一會，你們又亂成一團。」

不遠處的背光身影傳來蒼老而低沉的聲音。

「你找到食物了嗎？」林老師跳起來對著身影咆哮。

「這裡有些麵包。」最後一個音還沒完全從身影裡吐出來，老師們就迅速的撲上去，圍著身影搶成一團。

「慢慢來不要搶。」

搶到食物的老師就地坐下狼吞虎嚥。身影來到了志和花的身邊。志瞇著眼試圖看清楚趨近的黑色身影。在遠處顯得如此高大的身影，原來是身材矮小的校工。

「你們兩個小孩怎麼到這裡來了？」

「我們從家裡來的，不知道能去哪，只好來學校。」志依然瞇著眼說。

「還抱著個嬰孩。哪來的？」

「是她家隔壁的。我們不能放下不管，又不知道怎麼辦，只好帶上他。」志簡單的說明。

校工眼裡閃耀著光芒。

「原來這小島還有像樣的人。還是個小孩，哈哈，還不至於絕望吧。你們跟我來吧。」校工的語氣裡透露出某種欣慰

「我可不是小孩！明年就進大學了。」花扁著嘴不高興的說。

校工看著扁嘴的花，輕輕摸志的頭頂，嘴角微微上揚。他打開學校大門讓志和花進去，領著志和花走入寂靜無人的校園。外面的人完全沒有注意到他們，只專注於吞下手上的食物。

雨後的校園有股濕潤的綠草香氣。志也從來沒發現校工的肩膀可以如此的寬闊。正確來說他也從來沒有正眼看過校工。校工就像幽靈般的存在，大家都

特意忽視他的存在。平時要是校工迎面走來，志會當校工是透明般的視而不見。像花這種嬌慣的小孩就更不會靠近臭臭的校工，要是不小心遇到就馬上避開。

※　※

學校角落的工寮出乎意料的乾淨，完全沒有任何想像中的異味。志和花走了這麼長的路，是又累又餓了。校工簡單地給他們煮了兩碗快熟麵。

「你們慢慢吃，不夠還有。」

志和花只顧著吃並沒有答話。

校工從花帶來的袋子裡取出奶粉和奶瓶。他仔細的清洗奶瓶，再用適量剛煮沸的熱水和涼水來泡奶。嬰孩在校工懷裡安詳的睜大眼，慢慢緩緩地吮吸奶瓶裡的牛奶。

校工和志這一天都在忙著照看老師們，幫老師們收拾散落地面的個人物品。還得帶老師們進入校舍裡休息，再安排安飲食和衛生。志非常驚訝這些平常看起來能幹的老師們，原來一點生活自理的能力都沒有。或者如花般，從小就靠女傭打理生活瑣事，本來就沒有自理的能力也無從失去。花就趴在桌面呻吟，想到哀怨處還會啜泣幾聲。志不想她繼續陷在自憐的狀態，就硬逼她顧嬰孩。

夜幕降臨，校園裡依然保持著平靜。校工和志忙了一整天，終於能在燭光下吃快熟麵充饑。花已經吃過簡單的晚餐，正無精打采的坐在嬰孩旁打盹。看顧嬰孩對她來說是件非常勞累的工作。

校工吃完了面，抬起起頭來看著志。

「你這小子還真不一樣。」

志不知道如何回答，只能埋頭吃碗裡的速食麵來保持沉默。

「現在的人都太依賴女傭了。」

校工點了根煙，緩緩地吸後吐出白色煙霧。工寮外，大紅花的黑影在窗邊隨著風搖晃。

「以前沒有女傭嗎？」

校工並沒有馬上回答志的問題。他凝視著眼見某處的空間。好像有影像在空間裡播放，都是跳躍模糊的片段。歲月在他臉上留下深溝，也刷得他的兩鬢斑白。

「很難想像沒有女傭的世界。」志有點自問自答。

校工的嘴上沒說什麼，有點苦笑，只對著志點點頭。

「對你們這代人來說有女傭是天經地義的事。像我這年紀的應該都還有記憶，關於那個從來不需要女傭的年代。」校工緩慢地吐出一句話。

「除了像我這種特殊例子，人人都有女傭來幫助處理瑣事。」

「你家為什麼沒女傭？」校工不解地看著志。

「我是個孤兒。」

沉默隨風吹入屋內，黑暗中還是能見到校工眼關愛的火光。

「難怪你沒有現在小孩的嬌氣。」

「就是過年過節比較麻煩，其他時候也還好。」

「還有兄弟姐妹嗎？」

「有個弟弟。弟弟出世後，父親就發生車禍過世了。」

嬰孩突然放聲大哭，吸引了大家的把目光都投向她。花不好意思的看著他們，好像是她的錯沒有把嬰孩看好。她連忙輕拍嬰孩的臀部來安撫他。這也是今天她從志那裡學來的。嬰孩也很快的沉沉入睡。

「不是一直都有女傭的嗎？」志不願意繼續提起關於他的事，借機岔開話題。

「以前當然也有女傭，不過都是在家幫忙照顧孩子和家務之類的事。一個家庭只有一位女傭。也有很多家庭是沒有女傭的。日子還是照常的過。我活到這把歲數從來也沒有請過什麼女傭。」

「現在可是每人都有女傭，這是什麼時候開始的？」志臉上的表情顯示他的不解。

「說不上什麼時候，是個不短的過程。大概二十世紀末，二十一世紀初吧。」

「好久啊。現在都二〇五〇了。」

「說它長它不算長，說它短它又不短。」

「不明白。」

「是啊。這演變也是慢慢的緩緩的。如慢慢加熱煮青蛙的道理一樣，到了發現水沸騰時，已經為時太晚，無力回天。」

「難道當兵不允許帶女傭嗎？」

校工大笑起來，「這種事在當年簡直是不可想像。在二〇一〇年左右，網上流傳阿兵哥回家時有女傭幫忙背背包的照片。當時還引起不小的風波，不過可能覺得也沒有什麼大不了，也是個單獨事件，就不了了之。誰知道也不過四十年就完全變了樣。」

校工望著窗外大紅花的影子，微笑似的眼神似望穿了花兒一樣。

「到了大概二〇二〇年，就出現了所謂的『宿舍女傭』。大學在家長的壓力下允許學生帶女傭去宿舍。理由當然就是所謂的讓學生能更專心於學習和參與增進身心發展的課外活動。不需要浪費時間在無用的家務事，家長也能放心的專心工作。」

校工停頓了一下，撚熄抽到一半的煙。志用手支著頭耐心地等校工繼續說。

「人人都忙啊。都需要花更多時間在工作或學習上。沒有人有時間和耐心做這些沒有價值的瑣事。父母因為工作繁忙，無法抽出時間陪小孩而感到內疚。更擔心小孩輸在起跑點跟不上學校的步伐；在雙重壓力下很少家長能堅持不給小孩請女傭。」

「那你有給你小孩請女傭嗎？」

「我就那少數堅持不給小孩請女傭的人。」

「女傭進入職場這事還真是悄悄的無人察覺。好像有天睡醒去上班，女傭就在那裡幫忙，那麼的理所當然。好像女傭不在這事是場噩夢般的必須被遺忘。」

「那是哪一年？」

「沒記錯應該是二〇三〇年左右。當時我是極力反對的。我不允許我的部門裡有女傭；在家裡我也絕不允許給我上大學的女兒聘請女傭。」

「你是部門主管？」

校工用手輕輕的幫志整理凌亂的頭髮。

「是啊，我可是以第一榮譽學士畢業的大學生呢！」

「那怎麼現在當起校工？我常聽人罵小孩要是不好好念書就會去倒垃圾。」

「哈哈。我也曾這樣跟我小孩說過。」

突來一陣風把燭光吹滅。工寮頓時陷入黑暗，只有從窗外撒入的月光提供了點光亮。

※　※

「打火機在哪？我來點蠟燭。」志站起來問到。

「坐下吧。在月光下隨便聊聊也是不錯的。」

志點點頭就坐下。

「我說到哪了。哈哈。真的老了。」

「跟小孩說過不讀書以後會去倒垃圾。」

校工頓了下，似乎是在整理思緒想繼續再說。

「我就在女傭這事上犯傻，跟整個社會的浪潮對抗。我在公司和家裡備受壓力。最終我被迫離職，老婆和女兒也跟我斷絕關係。那時候我對不公不義的社會充滿憤怒。還和些志同道合的朋友成立個『自理自立會』，專門對抗這種不正常的現象。我們出書、演講、示威抗議、還排演戲劇。這些都僅為了我們所謂的理想，天真的認定群眾是被少數人蠱惑。我們天真的認為能通過我們的努力，能引導社會走向正軌。可惜我們沒有意識到社會的浪潮洶湧如洪水，非我們幾個人的力量所能阻擋地。漸漸的有人開始離開社團，最後只剩下我一個人。我變得越發孤獨，本來的團體行動變成了我個人的鬥爭。我也為了自己的些比較激烈的舉動付出了代價，多次進出拘留所和監獄。」

可能話說多了，校工乾咳了好幾下。他啜了幾口咖啡來潤喉。再次陷入深深的思緒中。

「後來呢？」志看著無語的校工問。

校工慈祥的看著志，苦苦地笑著繼續說。

「軍隊決定允許服役人員帶女傭入營，壓倒了我的最後那根稻草。我心裡知道我所追求的理念完蛋了。我卻不甘心！我做了無謂的垂死掙扎，幹了件愚蠢的事。想起來就覺得好笑。為了強烈表達我對軍隊的不滿，我買了汽油，還帶上些碎布和打火機想在政府大廈舊高庭外引火自焚。那裡的保安及時發現把我制止住。不過我也在醫院住了頗長的時間才復原。那段時間沒有任何人來探望我，連我的前妻和小孩都沒有出現。世界真的變了。好像世界本來就人人有女傭，自然得像萬有引力。自然得像是女媧補天時就刻在石頭上。我只是個有顆過時腦袋的過期人物。連打雜清潔的工作都找不到，只能在街頭流浪，靠乞討或慈善機構的救助來過活。兜兜轉轉才找到這裡願意給我工作，好歹也有瓦遮頭，三餐能溫飽，真的別無所求了。」

月光此時正撒在他臉上，給他的輪廓綴了點點光圈。

「社會永無止境年復一年的追求更高的經濟增長。其他都被排除在外，就連個人的結婚生子之事都得與經濟掛鈎。社會的資源，資源包括人在內，都被分配運用到了極盡。社會裡所有的人事都被繃得很緊，不容許任何的錯誤。要讓每分資源發揮更大的效應。日復一日，年復一年，什麼東西都會有其飽和點。就算你用盡全力，都無法讓所得永遠處於增長狀態。每個人就只有一雙手一顆腦袋和二十四小時，沒有方法能夠使生產力無止境的增加。這時候不知哪位天才想出了利用女傭作為額外的那雙手，因為這雙手是隱形的，不存在於各種統計數字裡。突然同一個人居然可以做更多的事，生產力也快速增長。因為女傭不是公司機構的員工，不會增加人事開支，大家對這種心照不宣的安排很滿意。有些公司還給予員工津貼，暗地裡鼓勵這種變相的剝削。不是資本家剝削勞動者，是資本家勾結中產階級聯合起來剝削勞動者。這個好主意使得經濟瓶頸解套，又再奇蹟般的快速增長。同樣的資源，至少在帳面上，不需要大量資金和科技的投入，卻能產出更多。在以經濟為首的社會，任何在經濟方面有所建樹的方法很快就會被用在各個領域。不要多久教育、公共服務、警察、醫藥和軍隊都走上同一條路。每個人和機構的計畫都是依靠隱形的勞動力來支撐。說白了，大家都在欺騙自己。這種謊話說多了，大家都信了。最後變成了真理。」

「社會越來越兩極化，有錢的更富有，貧窮的永無翻身之日。資源掌握在一小撮人手上，其他人只能受制於人。社會的流動性衰退，活力也會下降。我曾經預言過建構在虛假基礎上的社會，會失去對重大危機時的應對能力。我沒有預知能力，我只是獨立思考，誠實的面對問題，而得出的結論。我更不可能預言會發生這麼光怪陸離匪夷所思的情況：女傭在一瞬間全都消失了。社會裡的各種機能如交通、通訊、警察、醫療和種種都陷入了癱瘓。因為對女傭的依賴已經達到了一種不能分割的狀態。我們的社會就像個充了氣的氣球，看起來巨大無比，要是打開閥門氣體就洩出，整個氣球馬上潰縮回原型。」

校工感懷地唸了他年輕時寫的一首詩：

黑夜輕輕落下
潘盈的聲音在耳邊迴繞
等著黎明的安排
相信現在
回憶過往的心境，遠去
只剩一種難捨
的掛念
如弔唁般
聽到冷冷的歎息
冷冷的歎息
詮釋的不同

冷冷

歎息

僅剩無奈

「人天生就有自理自立的能力，如今卻倒退化到這種地步。」最後校工歎著氣總結道。

然後他就不再說話。

突然傳來陣悶悶的槍聲，就幾聲遠遠的。他們都靜下來仔細聽，多麼希望是幻聽。

※　※

槍聲確實存在，還有趨近的跡象。

「你們兩人在這裡照顧嬰孩，我出去看看。」當最後一個字從校工的口裡吐出來，他已經出了門沒入黑暗裡。

月光不受影響，依然撒了工寮整片的銀色。風掀起了幾頁桌上的報紙。

「唉。你母親在你父親過世後肯定很困難。」花突歎了口氣。

志看到花眼裡閃著的淚光。

「我母親在父親過世後就陷入崩潰。狀況時好時壞，我只好幫忙照料弟弟。」

「難為你了。你那時候幾歲？」

「我真的不記得。」

「後來你母親怎麼了？」

「關於媽媽去世的事，在我記憶裡都是模糊不真實地。我只記得那天我在上課，有個穿著整齊的男人來學校把我帶走。他帶我回家收拾些衣物，然後把我送去一所慈善團體經營的收容所。」

「你應該很傷心吧？」

「傷心？我對媽媽會離開我這件事早有預感，心裡悄悄的做準備。等待這件事發生壓力滿大的，每天都提心吊膽，晚上都睡不好，好像下一刻就要發生了。那天終於到來時，有點『噢，終於來了』的感覺，還暗自鬆了口氣。」

「你弟弟呢？」

「不知道。真的不知道。當時完全沒有想過要問弟弟在哪。感覺自己被套進不會破的泡泡裡。耳邊的聲音到了腦裡都是失序的音節組合。」

突然從遠處傳來爆炸聲，震得架子上的瓶瓶罐罐都在抖動。嬰孩受了驚嚇大聲的啼哭。然後四周陷入寂靜，誰也說不出話。唯有嬰孩的啼哭聲依然在空中蕩漾。

志走過去看真正在安撫嬰孩的花。他這時才看到花自己也被嚇得淚流滿了臉頰。志從袋子裡拿了張紙巾遞給花。

「妳照顧嬰孩挺厲害的。」志試圖安撫花的情緒。

「都是跟你學的。你一直待在收容所嗎？」

「輾轉進出換了好幾間收容所。終於在現在這間待了比較長的時間，相對比較安定。」

「環境好嗎？」

「還算可以吧。這是一所靠善心人士捐助的孤兒院。負責人是個上了年紀的大叔，說是孩子都大了，想做點有意義的事，所以就接手管理。要維持孤兒院的開銷不容易，所以一年我總得出席幾次籌款活動。其實我不需要幹嘛，就是站在臺上由主持人來鼓勵大家捐款。我也是從這些主持人的說詞中才知道母親是跳樓身亡。第一次聽難免有點傷感，聽多了再加上特意煽情的語調，感覺跟自己沒什麼關係。不過還是要保持肅穆的表情，不然哪會有人捐款。有時候也會有學校帶學生來參觀孤兒院。目的就是要那些嬌生慣養的小孩知道自己多幸福，還有不幸的人存在。我倒是不太介意，當作是回饋社會對我的照顧。」

校工突然出現在門口打斷了志的話頭。

「外面有些人在鬧事，對面的7-11被搶了。我們這裡應該是安全的，暴民對學校沒興趣。他們的目標應該是超市之類的地方。快睡吧，天亮再打算。」

三人沒再說什麼，就各自找了個角落權宜躺下就睡。

校園在夜晚裡被月亮披上銀亮的外衣。風吹皺小池塘的水面，更掀起花的心池。花坐在池邊的石椅呆呆地看著眼前不遠處幽暗的空間。

「怎麼自己一人跑出來？」志隨著聲音從黑暗裡出現。

花沒有抬頭看志一眼，依然托著腮沉浸在自己的思緒裡。

志坐在花身旁，也托著腮望著花盯著的空間。

「望穿秋水啊。」

花沒有理會志，兩人就在各自的沉默裡。

花毫無預警的往後靠著椅背。

「我在想我到今天為止都活在玻璃瓶裡。我從小就是被呵護長大的，父母盡他們的能力給我最好的。」花首先打破沉默。

「那是命水好才會有機會住在玻璃瓶裡。哪像我這麼歹命，連個紙皮屋都沒有。」

「或許吧。」

「還有什麼好煩的，該煩惱的應該是我好不好。妳不知道我多羨慕妳。」

花轉過臉默默無語地看著志。志被花看得有點不好意思而低下頭，玩腳下的小石子。他聽到花倒吸一口氣後緩緩的說。

「回想起來，以前的生活太不真實了。那種傲慢自滿，簡直是面目可憎。我總覺得世上所謂不幸的人，都是懶惰不願努力工作的人。我爸爸常告訴我，只要肯努力一定會有好前途。只要能給予好前途的都是重心，其他的事都不需要管。只需要專心一致，就如父母不二心的努力工作。只要努力工作就能得到更好的工資和職位，就會有更好的生活。我們都是這樣生活著。我忙著上學、上補習班和各種課程。父母努力工作賺錢。其他的事都交給女傭來做。這些毫無附加價值的瑣事，不該占去我們的時間。你相信嗎？我是女傭帶大的。因為父母工作都忙，我們每天見面的時間很短，我一整天都是跟女傭在一起的。」

這時候志也只能用「嗯」來回應。他好像突然想到什麼。從衣袋裡拿出一瓶養樂多遞給花。

「哪裡來的？」花接過養樂多後問。

「校工給的。他說給那女孩點甜的吧。」

花掀開養樂多的薄蓋後一口喝完。

「從來沒發現這東西這麼好喝。」花用舌尖舔著唇細細地說。

「你平時都喝好東西。」

「物質生活是很豐富，幾乎要什麼有什麼。可是心底隱約覺得得虛虛的，好像缺了一塊。說不上來，又不敢對任何人說，怕會被看作弱者，被看不起。連自己的父母也不敢提。他們也是很努力的奮鬥事業，給我更好的物質享受。有時候他們兩人都需要到國外出差，結果就把我留給女傭照顧。我唯有找更多的事來忙，來掩蓋在心裡那股強烈的孤獨感。」

「不會吧。」

「這其實很普遍。我們帶來的嬰孩的父母就是出國旅行，把小孩交給女傭照顧。」

「真是荒謬。」

「妳不會連這個也不知道吧？妳難道是火星人？」

從校門方向傳來幾聲嘶喊聲劃破寧靜的校園。花嚇壞得抓著志的手臂，眼裡閃爍的不安。志能感覺到花胸脯柔軟的觸感。

「沒事啦。剛才校工去看過了，都說了都是在學校外。」志強裝鎮定的說。突從遠處傳來叨叨絮絮的呼呼。花驚慌的轉身抱著志，閉上眼靠在志的肩膀。志感覺到花在他頸項的氣息。在這麼緊急的時候，他居然感覺到無比的幸福。他輕拍花的背脊讓花鎮定下來。

當花從沉睡中醒來時，四周早已回復平靜。她還靠再在志的肩膀，雙臂緊緊的環抱著志。她發覺自己失態，很是羞愧地轉身低下頭玩髮尾。

「我睡了多久，怎麼不叫醒我？」

「我也不知道，可能有一個小時吧。」

花暗自心驚她自己居然在志的懷裡睡了一個小時，本來就紅的臉刷時都快發紫了。

「你存心不良，乘人之危。」

「好心沒好報，妳這樣抱著，我也很累嘞。」

「你累個屁。」花沒好氣的站起來罵了志就走回工寮。

「怎麼罵人啊。」志喃喃自語，覺得委屈也跟了上去。

※　※

早晨的吵雜聲把志、花和校工吵醒。他們還來不及起來查看，就有一對官兵進來把他們帶走。他們和其他的老師被送上裝甲車。官兵們保持高度警戒，志上裝甲車前還聽到爆炸聲。官兵趕緊催促他們上車，然後快速離去。

他們被送到了一間暫時當作收容所的軍營。志被分配到一處專門收留男孩的地方。這裡洗澡吃飯都沒問題。每天都有大量的人被送進來，有點像電影裡的災難場景。

幾天後電力恢復了，廣播和電視臺也漸漸的恢復。志從新聞報導裡得知國內所有女傭突然瞬間消失無蹤。

整個社會就如校工預言般的崩盤，各種重要的設施相繼中斷服務。雪上加霜的是人們完全沒有任何應對能力，只會待在一邊哭泣。連重要的政府部門和服務也無法運作。總理只得向聯合國尋求援救。現在的救援行動是在聯合國部隊進駐後才得以展開。各處也頻頻傳來暴亂掠奪的消息。這迫使本來執行人道援助的聯合國部隊，也得武裝起來維持治安。

不知怎麼的，志不覺得現在有多不好。對他來說其實跟他之前的生活也沒差太多。他後來在餐廳又見到花。她把長髮剪短，看起來少了嬌氣，眼神更堅定，皮膚也曬黑了。她告訴志她正積極的投入照顧病患的工作。她微笑的說從來沒發現用自己的雙手做有益人群的事是這麼的棒。志並沒有回答只是低著頭，那是他們最後一次見面。

志再也沒親眼見到校工，不過常在電視看到他。他之前長時間被社會唾棄忽略，突然一夕驚覺需要他。他書裡的預言被有心人翻了出來，他的學說再受到重視。追隨他的人日益增加，隊伍日益壯大。他簡直被當作了先知，權利和財富也水漲船高，身份更是不可同日而語。

社會新的浪潮隨著危機的到來而掀起。花和校工站在浪頭的最前面。志繼續過著原來的生活。

（原載於《Why Not 不為什麼》（新加坡），第一、二期，2013年10月、2014年5月。）

後記

在快到四十歲才開始寫作，確實有點太晚。想想自己活到此刻除了日常生活得做的事外，就屬閱讀佔據了大多時間。只要文字我都願意看，不太理是什麼內容。這麼瘋狂的求知慾，常常讓我在午夜關了燈也不願睡，在窗戶靠著走廊泛進來的燈光看書。完全單純的閱讀，既不是為了考取功名，更不是為了幹什麼大事，純粹的閱讀。沉浸在文字的世界裡，不計任何回報。

兩三年前突然無緣無故「嗯，應該寫點東西。」就以那為出發點開始寫作，到如今承蒙秀威出版社願意幫我出書，感覺還是有點不太真實。對一位愛書之人，能把屬於自己的書真實地捧在手上，無法形容的感覺，我現在就已經開始期待了。或許你在看到這段文字時，你捧著的是實體紙本書。

寫小說也是很自然，因為從小就有用不完的腦力，那個年代資源有比較貧乏，不花錢的就唯有不懈在腦子裡編故事，以便消耗過多的腦力。記得小時候家裡的廁所四壁的漆嚴重的脫落。這些脫落的地方顯出藏在綠色油漆地下的淡綠色底漆。就這樣牆上自然形成各種圖樣。在我幼小的心靈裡，這就是我的世界地圖。我賦予每個不規則圖案一個國家的名字。每次不管是大號小號還是洗澡幹嘛，為了打發時間驅走悶，我總是以這個牆壁上的地圖來編造世界大戰。

現在回想起來，都是在為了寫作做準備。長達三十多年的準備，感覺起來很漫長。

為我寫序的華英，在序裡說看完我的小說後必去精神科掛號。我首先得澄清我寫作並沒有很隨意或瘋狂。在寫的時候是非常專注的一字一字的打出來。完全是平靜心如止水，毫無任何瘋癲，是個非常理智的過程。加上我對寫小說本身是非常的嚴肅對待。瘋狂的只有在醞釀的時候，也自在腦子裡爆炸。

在這樣的環境下，用中文來書寫小說，能把屬於自己的書真實地捧在手上，無法形容的感覺，我現在就已經開始期待了。社會對於物質的追求，對文學的輕視，大概寫的人最後也只能自嘲是個屁來自我開解。

張國強

要小說02　PG1152

要有光
FIAT LUX

旅者×迷圖
──張國強科幻小說選

作　　者　張國強
責任編輯　劉　璞
圖文排版　詹凱倫
封面設計　陳怡捷

出版策劃　要有光
製作發行　秀威資訊科技股份有限公司
114 台北市內湖區瑞光路76巷65號1樓
電話：+886-2-2796-3638　傳真：+886-2-2796-1377
服務信箱：service@showwe.com.tw
http://www.showwe.com.tw
郵政劃撥　19563868　戶名：秀威資訊科技股份有限公司
展售門市　國家書店【松江門市】
104 台北市中山區松江路209號1樓
電話：+886-2-2518-0207　傳真：+886-2-2518-0778
網路訂購　秀威網路書店：http://www.bodbooks.com.tw
國家網路書店：http://www.govbooks.com.tw
法律顧問　毛國樑　律師
總 經 銷　易可數位行銷股份有限公司
地址：231新北市新店區寶橋路235巷6弄3號5樓
電話：+886-2-8911-0825　傳真：+886-2-8911-0801
e-mail：book-info@ecorebooks.com
易可部落格：http://ecorebooks.pixnet.net/blog

出版日期　2014年4月　BOD一版
定　　價　260元

Printed in Taiwan

國家圖書館出版品預行編目

旅者×迷圖：張國強科幻小說選 / 張國強著. -- 一版. -- 臺北市：要有光, 2014.04
面；　公分. -- (要小說；PG1152)
BOD版
ISBN 978-986-90474-1-8 (平裝)

868.857　　103005085

讀者回函卡

感謝您購買本書，為提升服務品質，請填妥以下資料，將讀者回函卡直接寄回或傳真本公司，收到您的寶貴意見後，我們會收藏記錄及檢討，謝謝！如您需要了解本公司最新出版書目、購書優惠或企劃活動，歡迎您上網查詢或下載相關資料：http:// www.showwe.com.tw

您購買的書名：________________________________

出生日期：________年________月________日

學歷：□高中（含）以下　□大專　□研究所（含）以上

職業：□製造業　□金融業　□資訊業　□軍警　□傳播業　□自由業
　　　□服務業　□公務員　□教職　□學生　□家管　□其它____

購書地點：□網路書店　□實體書店　□書展　□郵購　□贈閱　□其他

您從何得知本書的消息？

□網路書店　□實體書店　□網路搜尋　□電子報　□書訊　□雜誌
□傳播媒體　□親友推薦　□網站推薦　□部落格　□其他__________

您對本書的評價：（請填代號　1.非常滿意　2.滿意　3.尚可　4.再改進）

封面設計____　版面編排____　內容____　文／譯筆____　價格____

讀完書後您覺得：

□很有收穫　□有收穫　□收穫不多　□沒收穫

對我們的建議：________________________________

____

____

____

請貼
郵票

11466
台北市內湖區瑞光路 76 巷 65 號 1 樓
秀威資訊科技股份有限公司 收
BOD 數位出版事業部

（請沿線對折寄回，謝謝！）

姓　　名：＿＿＿＿＿＿＿＿＿＿　年齡：＿＿＿＿　性別：□女　□男

郵遞區號：□□□□□

地　　址：＿＿＿＿＿＿＿＿＿＿＿＿＿＿＿＿＿＿＿＿＿＿＿＿

聯絡電話：(日)＿＿＿＿＿＿＿＿＿＿＿＿（夜）＿＿＿＿＿＿＿＿＿＿＿＿

E-mail：＿＿＿＿＿＿＿＿＿＿＿＿＿＿＿＿＿＿＿＿＿＿＿＿